MANESSE BIBLIOTHEK DER WELTLITERATUR

Vittorini · Gespräch in Sizilien

ELIO VITTORINI

GESPRÄCH IN SIZILIEN

Aus dem Italienischen
übertragen von Trude Fein
Nachwort von Federico Hindermann

MANESSE VERLAG

Titel der italienischen Originalausgabe:
«Conversazione in Sicilia»

ISBN 3-7175-1530-6 (Leinen)
ISBN 3-7175-1531-4 (Leder)

Erster Teil

1

In jenem Winter war ich von einer gestaltlosen Wut gepackt. Ich werde nicht sagen, welcher Art, nicht davon will ich erzählen. Nur muss ich sagen, dass sie gestaltlos war, nicht heldenhaft, nicht feurig; irgendwie galt sie der verlorenen Menschheit. Seit langem schon, und ich liess den Kopf hängen. Ich sah brüllende Zeitungsschlagzeilen und liess den Kopf hängen; ich besuchte Freunde, eine Stunde, zwei Stunden lang, und sass mit ihnen, ohne ein Wort zu sprechen, ich liess den Kopf hängen; und ich hatte ein Mädchen oder eine eigene Frau, die auf mich wartete, aber auch mit ihr sprach ich kein Wort, auch mit ihr liess ich den Kopf hängen. Unterdessen regnete es, und die Tage vergingen, die Monate, und meine Schuhe waren zerrissen, das Wasser lief mir in die Schuhe, und es gab nichts anderes mehr als dies: Regen, Metzeleien in den Zeitungsschlagzeilen und Wasser in meinen zerrissenen Schuhen, stumme Freunde, das Leben in mir wie ein dumpfer Traum und keine Hoffnung, Ruhe.

Das war das Furchtbare: die Ruhe in der

Nichthoffnung. Dass ich die Menschheit für verloren hielt und nicht danach fieberte, etwas dagegen zu tun, nicht danach verlangte, mit ihr zum Beispiel zugrunde zu gehen. Ich war von gestaltloser Wut geschüttelt, nicht im Blut, und ich war ruhig, ich verlangte nach nichts. Es lag mir nichts daran, dass mein Mädchen auf mich wartete; ob ich zu ihr ging oder nicht oder in einem Wörterbuch blätterte, das war mir gleich; ob ich ausging, um die Freunde, die anderen zu besuchen, oder zu Hause blieb, das war mir gleich.

Ich war ruhig; es war, wie wenn ich keinen Tag Leben gehabt hätte, nie gewusst, was Glücklichsein heisst, als hätte ich nichts zu sagen, zu behaupten, zu verneinen, nichts von mir aufs Spiel zu setzen und nichts anzuhören, zu geben, und keine Neigung, zu empfangen; als hätte ich in all den Jahren meines Daseins nie Brot gegessen, Wein getrunken oder Kaffee getrunken, nie mit einem Mädchen geschlafen, nie Kinder gehabt, nie mit jemandem gerauft, als hielte ich das alles gar nicht für möglich, als hätte ich nie eine Kindheit in Sizilien gehabt, zwischen den Feigenkakteen und dem Schwefel, in den Bergen; doch innerlich war ich von einer gestaltlosen Wut geschüttelt und hielt die

Menschheit für verloren, ich liess den Kopf hängen, und es regnete, ich sprach kein Wort mit den Freunden, und das Wasser lief mir in die Schuhe.

2

Dann kam ein Brief von meinem Vater.

Ich erkannte seine Schrift auf dem Umschlag und öffnete ihn nicht sofort, ich verweilte bei diesem Erkennen und erkannte, dass ich ein Kind gewesen war, dass ich doch irgendwie eine Kindheit gehabt hatte. Ich öffnete den Brief, und im Brief stand:

Mein lieber Junge,

Du weisst und Ihr wisst alle, dass ich immer ein guter Vater und Eurer Mutter ein guter Mann war, kurz ein guter Mensch, aber jetzt ist mir etwas passiert, und ich bin weggegangen, aber Ihr dürft nicht schlecht von mir denken, ich bin derselbe gute Mensch geblieben, der ich war, und Euch allen derselbe gute Vater, ein guter Freund für Eure Mutter, und ausserdem werde ich auch noch ein guter Mann für meine, sagen wir neue Frau sein, mit der ich weg bin. Liebe Kinder, ich spreche mit Euch, ohne mich zu schämen, von Mann zu Mann, und bitte Euch nicht um Verzeihung. Ich weiss, dass ich niemandem etwas Böses tue. Euch nicht, die Ihr alle vor mir weggegangen seid, und Eurer Mutter nicht, die ich im Grunde nur von meiner störenden Gesellschaft befreie. Ihr ist es gleich, sie wird mit mir oder ohne mich weiterhin in ihrem Hause singen und pfeifen. Ich gehe also ohne Reue meinen neuen Weg. Macht Euch keine Sorgen um Geld oder sonst etwas. Eurer Mutter wird es an nichts fehlen; sie wird jeden Monat meine ganze Eisenbahnerpension bekommen. Ich werde von Privatstunden leben und auf diese Art sogar einen alten Traum von mir verwirklichen, woran mich Eure Mutter immer gehindert hatte. Dafür bitte ich Euch, jetzt, wo Eure Mutter allein ist, besucht sie manchmal. Du, Silvestro, warst fünfzehn Jahre alt, als Du uns verlassen hast, und seither hast Du Dich nicht mehr blicken lassen. Warum steigst Du am 8. Dezember nicht in den Zug und fährst zu ihr hinunter, anstatt ihr die übliche Glückwunschkarte zu ihrem Namenstag zu schicken? Grüsse und Küsse Dir, Deiner lieben Frau und den Kindern. Dein Dich liebender Papa

Costantino

Ich sah, dass der Brief aus Venedig kam, und begriff, dass er uns fünf Söhnen, die wir in der Welt verstreut waren, allen genau gleichlautend geschrieben hatte, ein Rundschreiben. Es war sonderbar; und ich las den Brief nochmals und erkannte meinen Vater, sein Gesicht, seine Stimme, seine blauen Augen und seine ganze Art, ich war einen Moment lang wieder ein Kind und klatschte ihm Beifall, während er im Wartesaal einer kleinen Bahnstation für die Eisenbahner der Strecke San Cataldo-Racalmuto den Macbeth aufführte.

Ich erkannte ihn wieder und dass ich ein Kind gewesen war, und dachte an Sizilien, Berge darin. Aber mein Gedächtnis tat sich nur so weit auf, dass ich ihn erkannte und mich wieder als Kind sah, das ihm Beifall klatschte, ihm und seinem roten Gewand in Macbeth, seiner Stimme, seinen blauen Augen, als stünde er jetzt wieder auf einer Bühne namens Venedig und es ginge wieder darum, ihm Beifall zu klatschen. Kaum so weit tat sich mein Gedächtnis auf, dann verschloss es sich wieder, und ich war ruhig in meiner Nichthoffnung, als hätte ich nie fünfzehn Jahre Kindheit gehabt und Sizilien, Feigenkakteen, Schwefel, Macbeth, in den Bergen. Weitere fünfzehn Jahre waren seither vergangen, tausend Kilometer von dort, von Sizilien und der Kindheit entfernt, und ich war fast dreissig Jahre alt, und es war, als hätte ich nichts gehabt, weder die ersten fünfzehn Jahre noch die zweiten, als hätte ich nie Brot gegessen und wäre in dieser ganzen Zeit nicht um zahllose Dinge, Klänge, Empfindungen reicher geworden, als wäre ich nie lebendig gewesen und wäre leer, so war ich, als wäre ich leer, und hielt die Menschheit für verloren und war ruhig in der Nichthoffnung.

Ich hatte kein Verlangen mehr, meinem Mädchen ins Gesicht zu sehen, ich blätterte in meinem Wörterbuch, dem einzigen Buch, das ich noch zu lesen imstande war, und begann Klagelaute in mir zu hören, als spielte einer klagend auf der Querpfeife. Jeden Morgen ging ich zur Arbeit, als Setzer, ich arbeitete sieben Stunden täglich an der Setzmaschine, in der fettigen Hitze des Bleis, hinter der Brille, die meine Augen schützte, und in mir spielte einer auf der Querpfeife und brachte in mir Mäuse, Scharen von Mäusen in Bewegung, die nicht eigentlich Erinnerungen waren.

Es waren nur Mäuse, dunkel, formlos, dreihundertfünfundsechzig und wieder dreihundertfünfundsechzig dunkle Mäuse meiner Jahre, aber bloss meiner Jahre in Sizilien, in den Bergen, und ich spürte, wie sie sich in mir bewegten, Mäuse und wieder Mäuse bis zu fünfzehnmal dreihundertfünfundsechzig, und der Pfeifer spielte in mir, und so überkam mich eine dunkle Sehnsucht, als wollte ich meine Kindheit in mir wiederfinden. Ich nahm wieder den Brief meines Vaters und las ihn wieder und schaute auf den Kalender; es war der 6. Dezember; ich hätte zum 8. die übliche Glückwunschkarte an meine Mutter schreiben müssen, es wäre unverzeihlich gewesen, wenn ich es jetzt, da meine Mutter allein zu Hause war, vergessen hätte.

Und ich schrieb die Glückwunschkarte, ich steckte sie in die Tasche, es war Samstag, vierzehntägiger Zahltag, und ich erhielt meinen Lohn. Ich ging zum Bahnhof, um die Karte einzuwerfen, ich kam an der Bahnhofshalle vorbei, sie war hell erleuchtet, und draussen regnete es, das Wasser lief mir in die Schuhe. Ich stieg im hellen Licht die Treppe zur Bahnhofshalle hinauf, mir war es gleich, ob ich im Regen nach Hause ging oder die Treppe hinaufstieg, und so stieg ich im hellen Licht hinauf und sah zwei Plakate. Das eine war von einer Zeitung und brüllte von neuen Metzeleien, das andere war von der CIT: *«Besucht Sizilien!* Dezember bis Juni fünfzig Prozent Ermässigung. Syrakus und zurück, dritte Klasse, Lire 250.–.»

Einen Augenblick lang stand ich wie vor zwei Strassen: die eine führte nach Hause, in die Gestaltlosigkeit dieser niedergemetzelten Menschenmengen und in die stetige Ruhe, in die Nichthoffnung zurück, die andere führte nach Sizilien, in die Berge, zu den Klagetönen des Pfeifers in mir und zu etwas, das vielleicht eine nicht so dunkle Ruhe und eine nicht so dumpfe Nichthoffnung sein mochte. Mir war es jedoch gleich, ob ich die eine oder die andere einschlug, die Menschheit war ohnehin verloren, und ich erfuhr, dass um sieben, von jetzt ab in zehn Minuten, ein Zug in den Süden ging.

Der Pfeifer in mir spielte schrill, und mir war es gleich, ob ich fuhr oder nicht fuhr, ich löste eine Fahrkarte, zweihundertfünfzig Lire, und von dem vierzehntägigen Lohn, den ich gerade bezogen hatte, blieben mir noch hundert Lire in der Tasche. Ich betrat den Bahnhof, ging zwischen die Lichter, zwischen die hohen Lokomotiven und die herumschreienden Gepäckträger, und nun brach eine lange Nachtfahrt an, die für mich das gleiche war wie zu Hause sein, an meinem Tisch im Wörterbuch blättern oder mit meiner Mädchen-Frau im Bett liegen.

3

Ich war auf der Reise, und gegen Mitternacht stieg ich in Florenz um, gegen sechs Uhr früh stieg ich in Roma Termini noch einmal um, und gegen Mittag kam ich in Neapel an, wo es nicht regnete, und überwies meiner Frau telegraphisch fünfzig Lire. «Heimkehre Donnerstag», telegraphierte ich ihr.

Dann fuhr ich im Zug durch Kalabrien, es begann wieder zu regnen, Nacht zu werden, und ich erkannte die Fahrt wieder, mich als Kind auf meinen zehn Fluchtversuchen von zu Hause und von Sizilien, hin und her durch dieses Land voll Rauch und Tunnels und unbeschreiblichen Pfiffen des Zuges, der nachts im Schlund eines Berges hält, am Meer, mit Namen aus uralten Träumen, Amantèa, Maratèa, Gioia Tauro. So war auf einmal eine Maus in mir keine Maus mehr, sondern Geruch, Geschmack, Himmel, und der Pfeifer spielte einen Augenblick lang wohllautend, nicht mehr klagend. Ich schlief ein, ich erwachte und schlief wieder ein, um aufs neue zu erwachen, bis ich schliesslich an Bord des Fährboots nach Sizilien war.

Das Meer war schwarz, winterlich, und auf der Hochebene des oberen Decks stehend, erkannte ich mich als Knaben wieder, in regnerischer Morgenfrühe dem Winde trotzend und das Meer verschlingend, auf die eine oder die andere der beiden Küsten zu, mit ihren Trümmerhaufen, Städten, Dörfchen zu seinen Füssen zusammengedrängt. Es war kalt, und ich erkannte mich als Knaben wieder, der frierend, aber trotzig auf der hohen Plattform im Winde ausharrte, senkrecht über der Fahrt und dem Meer.

Übrigens konnte man sich nicht rühren, das Schiff war voll kleiner Sizilianer aus der dritten Klasse, die hungrig und sanftmütig froren, ohne Mantel, die Hände in den Hosentaschen, den Rockkragen aufgestellt. Ich hatte in Villa San Giovanni etwas zu essen gekauft, Brot und Käse, und ass auf dem Deck mit Lust und Appetit, Brot, rauhe Luft, Käse, weil ich in diesem Käse den alten Geschmack meiner Berge erkannte und sogar ihre Gerüche, Ziegenherden, Rauch von Wermutstauden. Die kleinen Sizilianer sahen mir, die Schultern unterm Wind gebeugt und die Hände in den Taschen, beim Essen zu, sie waren dunkel im Gesicht, aber sanftmütig, mit einem Viertagebart, Arbeiter,

Taglöhner aus den Orangenpflanzungen und Eisenbahner mit den grauen, rotbordierten Mützen der Streckenarbeiter. Ich lächelte ihnen beim Essen zu, und sie sahen mich ohne Lächeln an.

«Es geht doch nichts über unseren Käse», sagte ich.

Niemand antwortete mir, alle sahen mich an, die Frauen von umfangreicher Weiblichkeit auf grossen Säcken mit ihren Habseligkeiten sitzend, die Männer stehend, klein und wie versengt vom Wind, die Hände in den Taschen.

Und ich sagte wieder: «Es geht doch nichts über unseren Käse.»

Weil ich plötzlich von etwas begeistert war, von diesem Käse, ihn im Mund zu spüren, zwischen dem Brot und der scharfen Luft, den weissen und dennoch herben Geschmack von einst, mit Pfefferkörnern wie jähen Feuerfunken in jedem Bissen.

«Es geht doch nichts über unseren Käse», sagte ich zum drittenmal.

Da fragte mich einer der Sizilianer, der kleinste und sanftmütigste, der gleichzeitig am dunkelsten im Gesicht und am meisten vom Wind versengt war: «Ja, seid Ihr denn auch Sizilianer?»

«Warum nicht?» antwortete ich.

Der Mann zuckte die Schultern und sagte nichts mehr. Er hatte eine Art kleines Mädchen, das auf einem Sack zu seinen Füssen sass. Er neigte sich über sie und zog eine grosse rote Hand aus der Tasche und berührte sie gleichsam liebkosend, während er gleichzeitig ihren Schal zurechtzog, damit ihr nicht kalt würde.

An dieser Bewegung merkte ich irgendwie, dass das kleine Mädchen nicht seine Tochter, sondern seine Frau war, und unterdessen näherte sich Messina, es war nicht mehr ein Trümmerhaufen am Meeresrand, sondern Häuser und Molen und weisse Strassenbahnen und Reihen von schwarzen Waggons auf weiten Terrains voller Schienen. Der Morgen war regnerisch, aber es regnete nicht, auf dem Verdeck war alles nass, und der Wind wehte nass, und die Pfiffe der Dampfschiffe klangen nass, und wie wässerige Pfiffe klangen die Pfiffe der Lokomotiven vom Land herüber, aber es regnete nicht, und auf einmal sah man hinter dem Schornstein mitten im winterlichen Meer den hohen Leuchtturm auf der Fahrt nach Villa San Giovanni vorbeiziehen.

«Es geht doch nichts über unseren Käse», sagte ich.

Alle stehenden Sizilianer hatten sich der Reling zugewandt, um zur Stadt hinüberzuschauen, und auch die Frauen, die auf den Säkken sassen, hatten den Kopf gewandt, um hinzuschauen. Doch niemand rührte sich, um auf das untere Deck zu gehen und sich zur Ausschiffung bereitzumachen; es war noch Zeit. Ich erinnerte mich gut, dass es vom Leuchtturm zum Landungsplatz fünfzehn Minuten und mehr dauerte.

«Es geht doch nichts über unseren Käse», sagte ich.

Inzwischen ass ich fertig, und der Mann mit der Kleinmädchenfrau bückte sich noch einmal und kniete sich sogar hin; zu seinen Füssen stand ein Korb, und während sie ihn beobachtete, begann er etwas an dem Korb zu tun. Der war mit einem Stück Wachstuch bedeckt, das mit Bindfaden rundherum am Korbrand angenäht war, und ganz sachte fädelte er ein Stückchen auf, steckte die Hand unter das Wachstuch und holte eine Orange hervor.

Sie war weder gross noch besonders schön, nicht von leuchtender Farbe, aber es war eine Orange, und schweigend, ohne sich von den Knien zu erheben, bot er sie der Kleinmädchenfrau an. Die Kleinmädchenfrau schaute mich an, ich sah ihre Augen unter der Kapuze des Schals, und dann sah ich sie den Kopf schütteln.

Der kleine Sizilianer schien verzweifelt, er kniete vor ihr, eine Hand in der Tasche, in der anderen die Orange. Dann stand er auf und blieb so stehen, während der Wind ihm den weichen Mützenschirm gegen die Nase schlug, die Orange in der Hand, ein von der Kälte verbrannter kleiner Mensch ohne Mantel und ganz verzweifelt, während im Regenmorgen das Meer und die Stadt senkrecht unter uns hinzogen.

«Messina», sagte eine Frau klagend; und es war ein sinnlos hingesprochenes Wort, bloss eine Art Klage; und ich sah zu, wie der kleine Sizilianer mit der Kleinmädchenfrau verzweifelt die Orange schälte und sie verzweifelt, voll rasender Wut ass, wie er sie ohne Appetit und ohne zu kauen hinunterschlang, als fluchte er, die Finger in der Kälte von Orangensaft triefend, unterm Wind gebeugt, den weichen Mützenschirm auf die Nase gepresst.

«Ein Sizilianer isst niemals am Morgen», sagte er plötzlich.

Er fügte hinzu: «Seid Ihr Amerikaner?»

Er sprach voller Verzweiflung, aber voller

Sanftmut, wie er auch die ganze Zeit sanft geblieben war, während er die Orange verzweifelt schälte und verzweifelt ass. Die letzten drei Worte sagte er erregt, im Ton schriller Spannung, als wäre es unerlässlich für seinen Seelenfrieden, zu wissen, dass ich Amerikaner wäre.

«Ja», sagte ich, als ich das sah. «Ich bin Amerikaner. Seit fünfzehn Jahren.»

4

Es regnete auf der Mole der Stazione Marittima, wo der kleine Zug, den ich nehmen sollte, wartete; und von der Schar der Sizilianer, die dem Fährboot entstiegen waren, gingen manche, den Rockkragen aufgestellt, die Hände in den Taschen, quer über den Platz im Regen davon; manche blieben und standen mit Frauen und Säcken und Körben unbeweglich unter dem Bahnsteigdach, wie vorhin an Bord.

Der Zug wartete darauf, dass man die Waggons anhängte, die auf der Fähre übers Meer gekommen waren, und das war ein langwieriges Manöver. Ich fand mich aufs neue neben dem kleinen Sizilianer mit der Kleinmädchenfrau, die wieder auf dem Sack zu seinen Füssen sass.

Diesmal lächelte er, als er mich sah, und dabei war er doch verzweifelt, die Hände in den Taschen, in der Kälte, im Wind, aber er lächelte mit dem Mund, unter dem Schirm der Stoffmütze hervor, der ihm das halbe Gesicht zudeckte.

«Ich habe Cousins in Amerika», sagte er. «Einen Onkel und Cousins...»

«Ah, so?» sagte ich. «Wo? In New York oder in Argentinien?»

«Ich weiss es nicht», antwortete er. «Vielleicht in New York. Vielleicht in Argentinien. In Amerika.»

So sagte er und fügte bei: «Woher seid Ihr?»

«Ich?» sagte ich. «Ich bin in Syrakus geboren...»

Und er sagte: «Nein... Woher in Amerika seid Ihr?»

«Aus... aus New York», sagte ich.

Darauf schwiegen wir einen Augenblick. Ich sah ihn auf meine Lüge hin an, und er sah mich aus seinen Augen an, die unter dem Mützenschirm verborgen waren.

Dann fragte er beinahe zärtlich: «Wie geht's in New York? Gut?»

«Reich wird man dort nicht», antwortete ich.

«Was liegt daran?» sagte er. «Es kann einem ohne Reichsein gutgehen... Das ist sogar besser...»

«Vielleicht», sagte ich. «Auch dort gibt's Arbeitslosigkeit.»

«Und was liegt an der Arbeitslosigkeit?» sagte er. «Es ist nicht immer die Arbeitslosigkeit, die schlimm ist... Das ist es nicht... Ich, ich bin nicht arbeitslos.»

Er wies auf die anderen kleinen Sizilianer ringsum.

«Keiner von uns ist arbeitslos. Wir arbeiten... In den Orangengärten... Ja, wir arbeiten.»

Er hielt inne, änderte den Ton, setzte hinzu: «Seid Ihr wegen der Arbeitslosigkeit zurückgekommen?»

«Nein», sagte ich. «Ich bin für ein paar Tage hergekommen.»

«Eben», sagte er. «Und Ihr esst am Morgen... Ein Sizilianer isst nie am Morgen.»

Und er fragte: «Essen in Amerika alle Leute am Morgen?»

Ich hätte «Nein» sagen können und dass auch ich gewöhnlich am Morgen nichts ass, und dass ich viele Leute kannte, die vielleicht nicht öfter als einmal am Tage assen, und dass es überall in der Welt das gleiche wäre, und so weiter, doch ich durfte ihm über ein Amerika, wo ich nie gewesen war, nichts Schlechtes sagen, und es ging ja letzten Endes gar nicht um Amerika, um nichts Wirkliches, Tatsächliches, sondern um seine Idee vom Himmelreich auf Erden. Ich durfte nicht, es wäre nicht recht gewesen.

«Ich glaube schon», antwortete ich. «Auf die eine oder andere Art.»

«Und zu Mittag?» fragte er weiter. «Essen in Amerika alle Leute zu Mittag?»

«Ich glaube schon», sagte ich. «Auf die eine oder andere Art...»

«Und abends?» fragte er. «Essen in Amerika alle Leute zu Abend?»

«Ich glaube schon», sagte ich. «Besser oder schlechter...»

«Brot?» fragte er. «Brot und Käse? Brot und Gemüse? Brot und Fleisch?»

Voller Hoffnung sprach er zu mir, und ich durfte ihm nicht mehr «Nein» sagen.

«Ja», sagte ich. «Brot und andere Dinge.»

Und er, der kleine Sizilianer, blieb ein Weilchen stumm in seiner Hoffnung, dann schaute er auf die Kleinmädchenfrau, die unbeweglich, dunkel, ganz zugeschlossen auf dem Sack zu seinen Füssen sass, und wurde verzweifelt; und verzweifelt, wie vorhin an Bord, bückte er sich und schnürte den Strick am Korb ein Stückchen auf, zog eine Orange hervor und hielt sie verzweifelt, noch gebückt auf eingeknickten Knien stehend, seiner Frau hin, und als sie sie wieder wortlos zurückwies, stand er mit der Orange in der Hand verzweifelt und gedemütigt da und begann sie für sich zu schälen und selber zu essen, schlang sie hinunter, als würde er Verwünschungen hinunterschlingen.

«Man isst sie auch als Salat», sagte ich, «hier bei uns.»

«In Amerika?» fragte der Sizilianer.

«Nein», sagte ich, «hier bei uns.»

«Hier bei uns?» fragte der Sizilianer. «Mit Öl angemacht?»

«Ja, mit Öl», sagte ich. «Und eine Knoblauchzehe und Salz...»

«Und mit Brot?» fragte der Sizilianer.

«Freilich», antwortete ich, «mit Brot. Das habe ich immer gegessen. Vor fünfzehn Jahren, als Junge...»

«Ach, habt Ihr das gegessen?» sagte der Sizilianer. «Es ist Euch also gutgegangen?»

«So, so», antwortete ich und fügte hinzu: «Habt Ihr denn nie Orangen als Salat gegessen?»

«Doch, manchmal», sagte der Sizilianer. «Aber man hat nicht immer Öl.»

«Eben», sagte ich. «Es ist nicht immer ein gutes Jahr. Öl kann viel Geld kosten.»

«Und man hat nicht immer Brot», sagte der Sizilianer. «Wenn einer seine Orangen nicht verkauft, hat er kein Brot. Und muss die Orangen essen... So, seht Ihr?»

Und er ass verzweifelt seine Orange, die Finger in der Kälte von Orangensaft triefend, und schaute die Kleinmädchenfrau zu seinen Füssen an, die keine Orangen wollte.

«Aber sie sind sehr nahrhaft», sagte ich. «Könnt Ihr mir ein paar verkaufen?»

Der kleine Sizilianer schlang alles hinunter und wischte sich die Hände an der Jacke ab.

«Wirklich?» rief er. Und er bückte sich über den Korb, wühlte unter der Wachsleinwand darin herum, reichte mir vier, fünf, sechs Orangen.

«Aber wieso?» fragte ich. «Ist es so schwer, die Orangen zu verkaufen?»

«Man kann sie nicht verkaufen», sagte er. «Niemand will sie.»

Inzwischen war der Zug bereit, die übers Meer gekommenen Waggons waren angehängt.

«Im Ausland will man sie nicht», fuhr der kleine Sizilianer fort. «Wie wenn sie giftig wären. Unsere Orangen. Und der Padrone bezahlt uns damit. Er gibt uns Orangen... Und wir können damit nichts anfangen. Niemand will sie. Wir gehn nach Messina, zu Fuss, und niemand will sie... Wir probieren, ob man sie in Reggio, in Villa San Giovanni haben will, und niemand will sie.»

Das Pfeifchen des Zugführers schrillte, die Lokomotive pfiff.

«Niemand will sie... Wir fahren hin und her, bezahlen die Fahrt für uns und die Orangen, wir essen kein Brot, niemand will sie... Niemand will sie.»

Der Zug setzte sich in Bewegung, ich sprang auf ein Trittbrett.

«Addio, addio!»

«Niemand will sie... Niemand will sie... Wie wenn sie giftig wären... Verfluchte Orangen.»

5

Kaum hatte ich mich im fahrenden Zug auf die hölzerne Bank geworfen, als ich draussen im Gang zwei Stimmen hörte, die miteinander über den Vorfall sprachen.

Es war nichts vorgefallen, was ein wirklicher Vorfall gewesen wäre, kein Ereignis, nicht einmal eine Geste; nichts als dass ein Mensch, der kleine Sizilianer, mir seine letzten Worte, den Schluss seiner Geschichte, nachgerufen hatte, als keine Zeit mehr war und der Zug sich in Bewegung setzte. Nichts als dies: Worte. Und nun sprachen zwei Stimmen über den Vorfall.

«Was wollte der Kerl denn?»

«Scheint, dass er protestiert hat.»

«Er hatte was gegen jemanden.»

«Ich möchte meinen, dass er was gegen alle hatte...»

«Das meine ich auch. Und so ein Hungerleider...»

«Wäre ich unten gewesen, hätte ich ihn festgenommen.»

Es waren zwei Zigarrenstimmen, laut und schleppend, weich im Dialekt. Sie sprachen sizilianisch, Dialekt.

Ich spähte auf den Gang hinaus und sah sie am Fenster, zwei Männer von massiger Gestalt, untersetzt, in Hut und Mantel, der eine mit Schnurrbart, der andere ohne, zwei Sizilianer vom Fuhrmannstyp, jedoch gut gekleidet, blühend, überheblich von Nacken und Rücken, jedoch mit etwas Falschem und Unbeholfenem im Wesen, das vielleicht im Grunde Schüchternheit war.

Zwei Baritone, dachte ich bei mir. Und der eine, der ohne Schnurrbart, hatte tatsächlich eine richtige Baritonstimme, sanglich und einschmeichelnd.

«Du hättest bloss deine Pflicht getan», sagte er zu ihm.

Der andere hatte hinter seinem Schnurrbart nur eine heisere Zigarrenstimme, aber weich im Dialekt.

«Natürlich», sagte er. «Ich hätte bloss meine Pflicht getan.»

Ich zog den Kopf ins Abteil zurück, lauschte aber weiter und stellte mir bei den wechselnden Stimmen, Bariton und heiser, die beiden Gesichter, ohne Schnurrbart, mit Schnurrbart vor.

«Solche Typen sind immer festzunehmen», sagte Ohne-Schnurrbart.

«Tatsächlich», sagte Mit-Schnurrbart. «Man kann nie wissen.»

«Jeder Hungerleider ist gefährlich», sagte Ohne-Schnurrbart.

«Gewiss. Zu allem imstande», sagte Mit-Schnurrbart.

«Zum Stehlen», sagte Ohne-Schnurrbart.

«Selbstverständlich», sagte Mit-Schnurrbart.

«Und zu Messerstechereien», sagte Ohne-Schnurrbart.

«Zweifellos», sagte Mit-Schnurrbart.

«Und ebenso zu politischen Verbrechen», sagte Ohne-Schnurrbart.

Sie sahen sich in die Augen, sie lächelten einander zu, ich sah es am Gesicht des einen und am Rücken des anderen, und so redeten sie weiter, Mit-Schnurrbart, Ohne-Schnurrbart, über das, was sie unter politischen Verbrechen verstanden. Anscheinend verstanden sie darunter den Mangel an Respekt, an Rücksicht, sagten sie, und klagten die ganze Menschheit an, ohne Groll, sie sagten, die Menschheit wäre zum Verbrechen geboren.

«Jeder Stand... Jede Klasse...», sagte Mit-Schnurrbart.

Und Ohne-Schnurrbart: «Ob unwissend, ob gebildet...»

Und Mit-Schnurrbart: «Ob reich, ob arm...»

Ohne-Schnurrbart: «Macht überhaupt keinen Unterschied.»

Mit-Schnurrbart: «Kaufleute...»

Ohne-Schnurrbart: «Advokaten...»

Mit-Schnurrbart: «Mein Delikatessenhändler in Lodi...»

Ohne-Schnurrbart: «Und ein Advokat in Bologna...»

Wieder sahen sie sich in die Augen, wieder lächelten sie einander zu, ich sah es wieder am Gesicht des einen und am Rücken des andern und hörte, wie sie sich im Getöse der Fahrt zwischen den Orangenbäumen und dem Meer von dem Delikatessenhändler in Lodi und dem Advokaten in Bologna erzählten.

«Siehst du», sagte Mit-Schnurrbart, «sie kennen keinen Respekt.»

«Sie kennen keine Rücksicht», sagte Ohne-Schnurrbart.

Mit-Schnurrbart: «Mein Friseur in Lodi...»

Ohne-Schnurrbart: «Mein Hausherr in Bologna...»

Und sie erzählten sich von dem Friseur in Lodi, dem Hausherrn in Bologna, und Mit-Schnurrbart sagte, er hätte seinen Friseur einmal festgenommen und drei Tage drinnen behalten, und Ohne-Schnurrbart sagte, das hätte er auch mit seinem Metzger in Bologna gemacht, und ich merkte an ihren Stimmen, dass sie befriedigt waren, ganz gerührt vor Befriedigung, und drauf und dran, einander um den Hals zu fallen in ihrer gemeinsamen Befriedigung, zu wissen, was sie zu tun vermochten: festnehmen und drinnen behalten.

Und sie erzählten einander andere kleine Ereignisse, immer ohne Groll, immer unter Klagen und zum Schluss mit Befriedigung; dann stutzten sie und fragten sich, warum die Leute sie eigentlich scheel ansähen.

«Das kommt daher, dass wir Sizilianer sind», sagte Mit-Schnurrbart.

«Das ist es, weil wir Sizilianer sind», sagte Ohne-Schnurrbart.

Sie redeten darüber, was es hiesse, in Lodi Sizilianer zu sein und in Bologna Sizilianer zu sein, und auf einmal stiess Ohne-Schnurrbart so etwas wie einen Schmerzensschrei aus und sagte, daheim, in Sizilien, wäre es noch schlimmer.

«Ach ja! Da ist es noch schlimmer», sagte Mit-Schnurrbart.

Und Ohne-Schnurrbart: «In Sciacca bin ich...»

Und Mit-Schnurrbart: «In Mussumeli habe ich...»

Sie erklärten, inwiefern es in Sciacca und in Mussumeli schlimmer wäre, und Ohne-Schnurrbart sagte, seine Mutter erzählte niemandem, was er war, sie schämte sich, es zu sagen, und sagte, er wäre beim Katasteramt.

«Beim Katasteramt!» sagte er.

«Das ist eine Frage der Voreingenommenheit», sagte Mit-Schnurrbart.

«Ich weiss... Altc Vorurteile», sagte Ohne-Schnurrbart.

Und sie sagten, wie unmöglich es wäre, daheim zu leben.

Der Zug fuhr mit Getöse zwischen den Orangenbäumen und dem Meer dahin, und Ohne-Schnurrbart sagte: «Sieh nur, die Orangen!», und Mit-Schnurrbart sagte: «Sieh nur, das Meer!» Beide sagten sie, wie schön es bei ihnen daheim wäre, in Sciacca, in Mussumeli; aber sie sagten wieder, dass man dort nicht leben könnte.

«Ich weiss gar nicht, warum ich wieder hinfahre», sagte Mit-Schnurrbart.

«Und ich vielleicht?» sagte Ohne-Schnurrbart. «Meine Frau ist Bologneserin, meine Kinder sind Bologneser... Und trotzdem...»

Und Mit-Schnurrbart sagte: «Kaum dass ich Urlaub habe, unfehlbar jedes Jahr...»

Und Ohne-Schnurrbart: «Unfehlbar... Besonders jetzt, im Weihnachtsmonat.»

Und Mit-Schnurrbart: «Besonders in diesem Monat. Und was hat man dann davon?»

Und Ohne-Schnurrbart: «Man ärgert sich die Gedärme aus dem Leib.»

Und Mit-Schnurrbart: «Man vergällt sich das Blut.»

Hier wurde die Tür des Abteils von dem Mann, der mir gegenübersass, nachdrücklich geschlossen, ich meine, laut zugeknallt.

Die Stimmen erloschen, mit einem Schlag abgehackt, im Lärm der Fahrt. Und der Zug jagte durch die Orangenhaine im Schlund der Berge, am Meer entlang. In der Ferne erschien und verschwand ein hoher Schneegipfel; der Himmel war hell, vom Wind blankgefegt, schon ohne Regen, wenn auch noch ohne Sonne; und ich erkannte die Strecke wieder, ich sah, dass wir auf halbem Weg zwischen Messina und Catania waren. Ich hörte die beiden Stimmen draussen nicht mehr und sah mich begierig nach anderen Sizilianern um.

6

«Habt Ihr nicht den Gestank bemerkt?» sagte der Mann, der mir gegenübersass.

Es war ein hochgewachsener Sizilianer, vielleicht ein Lombarde oder Normanne aus Nicosia, auch er ein Fuhrmannstyp wie die beiden mit den Stimmen im Korridor, aber ein echter, freimütig und hochgewachsen, mit blauen Augen. Nicht mehr jung, in den Fünfzigern, und ich dachte, dass mein Vater heute vielleicht ähnlich aussähe, obwohl ich meinen Vater jung in Erinnerung hatte und behende, mager, wie er in Rot und Schwarz gekleidet den Macbeth gab. Er musste aus Nicosia oder Aidone sein. Er sprach den noch heute beinahe lombardischen Dialekt mit dem lombardischen *u* jener lombardischen Ortschaften im Val Demone: Nicosia oder Aidone.

«Habt Ihr nicht den Gestank bemerkt?» sagte er.

Er hatte ein kleines graugesprenkeltes Bärtchen, blaue Augen, eine olympische Stirn. Er sass ohne Rock in dem kalten Abteil dritter Klasse, vielleicht nur darum und aus keinem anderen Grund ein Fuhrmannstyp, und er rümpfte die Nase über dem spärlichen Haar des Schnurrbarts und des Bärtchens, aber ansonsten dicht gelockt wie ein Mensch des Altertums, ohne Rock, in dunklen, kleingewürfelten Hemdsärmeln und einer gewaltigen braunen Weste mit sechs kleinen Täschchen.

«Den Gestank? Welchen Gestank?» fragte ich.

«Was? Habt Ihr ihn nicht bemerkt?» sagte er.

«Ich weiss nicht», sagte ich. «Ich verstehe nicht, von welchem Gestank Ihr sprecht.»

«Oh!» sagte er. «Er versteht nicht, von welchem Gestank ich spreche.»

Und er wandte sich zu den anderen im Abteil.

Es waren ihrer drei.

Einer, ein Junger mit einer dünnen Stoffmütze und ganz in seinen Schal eingewickelt, mit gelbem Gesicht, abgezehrt, klein, sass mir schräg gegenüber, im Fensterwinkel.

Der zweite, ebenfalls ein junger Mann, war vollblütig und kräftig, mit krausem schwarzem Haar und schwarzem Hals, ein städtischer Proletarier, sicherlich aus Catania. Er sass am anderen Ende meiner Bank, dem Kranken gegenüber.

Der dritte war ein kleiner Alter, ohne ein Haar im Gesicht und dunkel, mit lederartiger, würfelig gerunzelter Haut, wie die einer Schildkröte, und unglaublich klein und dürr: ein dürres Blatt. Er war in Roccalumera eingestiegen und sass, sofern man das Sitzen nennen konnte, auf der äussersten Kante der Bank zwischen dem Grossen Lombarden und dem Kranken, die hölzerne Armlehne, die er hätte aufklappen können, jedoch nicht aufgeklappt hatte, im Kreuz.

An ihn richtete der Grosse Lombarde, als er sich den anderen zuwandte, hauptsächlich das Wort.

«Er versteht nicht, von welchem Gestank ich spreche!» sagte der Grosse Lombarde.

Wie ein Hauch kam ein Ton, der Ansatz zu einem Pfeifen, tot, stimmlos: «Ih!» Es war der kleine Alte, der lachte. Doch er lachte nicht erst jetzt. Er lachte mit den Augen seit dem ersten Moment, da er eingestiegen war; mit den scharfen, lebhaften Augen lachend, starrte er vor sich hin, auf mich, auf die Bank, auf den jungen Mann aus Catania, lachend, glücklich.

«Unglaublich! Er versteht nicht, von welchem Gestank ich spreche!» sagte der Grosse Lombarde.

Alle sahen mich an und waren erheitert, der Kranke mit der kläglichen, stillen Heiterkeit der Kranken.

«Ah!» sagte ich, gleichfalls erheitert. «Ich verstehe wirklich nicht... Ich merke keinen Gestank...»

Da griff der Mann aus Catania ein.

Er beugte sich vor, vollblütig, mit seinem grossen Krauskopf, mächtig an Schenkeln und Armen, riesengross die Schuhe, und sagte: «Der Herr spricht vom Gestank, der aus dem Korridor gekommen ist.»

«Ist aus dem Korridor Gestank gekommen?» fragte ich.

«Was? Das ist unglaublich!» schrie der Grosse Lombarde. «Den habt Ihr nicht bemerkt?»

Und der Mann aus Catania erklärte: «Der Herr spricht vom Gestank von den beiden...»

«Den beiden?» sagte ich. «Den beiden am Fenster? Haben sie Gestank gemacht? Was für einen Gestank?»

Ich vernahm wieder den toten, stimmlosen Laut des winzigen Alten und sah, dass sein Mund dem Schlitz einer Sparbüchse glich. Ich sah auch den Kranken, gleichmütig in seiner stillen Heiterkeit, in seinen Schal gewickelt;

und ich sah den Grossen Lombarden, schier wutentbrannt, aber mit einem vergnügten Lachen in den Augen, die mir die blauen Augen meines Vaters zu sein schienen.

Da verstand ich, was er mit dem Gestank meinte, und lachte.

«Ach, der Gestank!» sagte ich. «Der Gestank!»

Nun waren wir alle fröhlich und zufrieden, ausgesöhnt, doch die zwei im Gang draussen kehrten in ihre Heimat zurück, wo sie Kinder gewesen waren.

«Es ist merkwürdig», sagte ich. «Nirgends auf der Welt sind sie unbeliebter als in Sizilien. Und dabei sind es in Italien fast lauter Sizilianer, die dieses Gewerbe betreiben.»

«Lauter Sizilianer?» rief der Grosse Lombarde aus.

«Ja, wirklich», sagte ich. «Seit fünfzehn Jahren ziehe ich in Italien herum... Ich habe in Florenz gelebt, ich habe in Bologna gelebt, in Turin, ich lebe in Mailand, und wo ich einem Sizilianer begegnet bin, war er von diesem Gewerbe.»

«Ja, das sagt auch mein Cousin, der reist», bemerkte der Mann aus Catania.

Und der Grosse Lombarde sagte: «Nun, im

Grunde ist das verständlich... Wir sind ein trauriges Volk.»

«Traurig?» fragte ich und sah den Alten an mit seinem fröhlichen Gesichtchen und den vor Fröhlichkeit sprühenden Äuglein.

«Sehr traurig», sagte der Grosse Lombarde. «Geradezu schwermütig... Und stets geneigt, schwarzzusehen...»

Ich sah das Gesichtchen des Alten an, ich sagte nichts, und der Grosse Lombarde fuhr fort: «Ständig hoffen wir auf etwas anderes, Besseres, ständig verzweifeln wir daran, es zu erreichen... Ständig mutlos. Ständig niedergeschlagen. Und ständig mit der Versuchung im Leibe, uns das Leben zu nehmen.»

«Ja, das ist wahr», sagte der Mann aus Catania ernsthaft.

Er betrachtete die Spitzen seiner riesigen Schuhe. Und ich, ich sagte, ohne den Blick vom Gesichtchen des Alten abzuwenden: «Möglich, dass es so ist... Aber was hat das damit zu tun, dass man dieses Gewerbe betreibt?»

Und der Grosse Lombarde sagte: «Ich glaube, es hat irgendwie damit zu tun... Ja, ich glaube, es hat damit zu tun. Ich kann es nicht erklären, aber ich glaube, es hat damit zu tun. Was tut einer, der sich selber aufgibt? Der sich verloren gibt und sich wegwirft? Er tut, was ihm am verhasstesten ist... Ja, ich glaube, das ist es. Ich glaube, es ist verständlich, dass es fast lauter Sizilianer sind.»

7

Dann erzählte der Grosse Lombarde von sich. Er kam von Messina, wo er wegen eines besonderen Nierenleidens einen Spezialisten konsultiert hatte, und fuhr nach Hause, nach Leonforte; er war aus Leonforte, oben im Val Demone, zwischen Enna und Nicosia, er war ein Gutsbesitzer mit drei schönen Weibertöchtern, so sagte er, drei schönen Weibertöchtern, und besass ein Pferd, auf dem er über seine Ländereien ritt, und dann fühlte er sich, so hoch und stolz war dieses Pferd, dann fühlte er sich wie ein König; aber es schien ihm, damit sei nicht alles getan, dass man sich wie ein König fühlte, wenn man zu Pferde sass, und er würde gern eine andere Erkenntnis erwerben, so sagte er, eine andere Erkenntnis erwerben, mit etwas Neuem in der Seele; er würde alles hergeben, was er besass, sogar das Pferd, die Ländereien, bloss um sich mehr in Einklang mit den Menschen zu fühlen, wie einer, so sagte er, der sich nichts vorzuwerfen hat.

«Nicht dass ich mir etwas Besonderes vorzuwerfen hätte», sagte er. «Wahrhaftig nicht. Und ich spreche auch nicht im Sinne der

Kirche... Aber mir scheint, dass ich nicht in Einklang mit den Menschen bin.»

Er hätte gern ein frisches Gewissen, so sagte er, frisch, dass es von ihm die Erfüllung anderer Aufgaben forderte, nicht der gewohnten, sondern anderer, neuer Aufgaben und höherer, den Menschen gegenüber, weil in der Erfüllung der gewohnten Pflichten keine Befriedigung läge, und man stünde da, als hätte man nichts getan, unzufrieden mit sich selber, enttäuscht.

«Ich glaube, der Mensch ist reif für andere Dinge», sagte er. «Nicht nur, nicht zu stehlen, nicht zu töten, und so weiter, und ein braver Staatsbürger zu sein. Ich glaube, er ist reif für andere Dinge, für neue, für andere Aufgaben. Das ist es, was man fühlt, glaube ich, den Mangel an anderen Aufgaben, anderen Pflichten, die zu erfüllen sind... In einem neuen Sinn etwas für unser Gewissen zu tun.»

Er schwieg, und der Mann aus Catania sprach.

«Ja, Signore», sagte er.

Und er betrachtete die Spitzen seiner riesigen Schuhe.

«Ja», sagte er. «Ich glaube, Ihr habt recht.»

Und er betrachtete seine Schuhe, vollblütig, von Gesundheit strotzend, aber mit der Traurigkeit eines kraftvollen, unbefriedigten Tieres, eines Pferdes oder Ochsen, und noch einmal sagte er «Ja», mit Überzeugung, als hätte man ihm einen Namen für seine Krankheit gegeben, und er sagte nichts weiter und erzählte nichts von sich, sondern fragte nur noch: «Seid Ihr ein Professor?»

«Ich? Ein Professor?» rief der Grosse Lombarde.

Und der kleine Alte neben ihm liess sein stimmloses «Ih!», den Laut eines dürren Blattes hören. Es war, als spräche ein Strohhalm.

«Ih!» machte er. «Ih!»

Zweimal hintereinander. Und er hatte zwei scharfe Augen, die vor Lachen sprühten, in seinem ledernen, dunklen Gesicht, das einer vertrockneten Schildkrötenschale glich.

«Ih!» machte er mit seinem Sparbüchsenschlitz von Mund.

«Da gibt's nichts zu lachen, Grossväterchen, da gibt's nichts zu lachen», sagte der Grosse Lombarde, zu ihm gewandt, und er erzählte wieder von sich, noch einmal von Anfang an, von seiner Fahrt nach Messina, seinem Gutshof über Leonforte, seinen drei Weibertöchtern, eine schöner als die andere, so sagte er diesmal, eine schöner als die andere, und von seinem hohen, stolzen Pferd und von sich, dass er sich nicht in Einklang mit den Menschen fühlte und dass er glaubte, es brauche ein neues Gewissen und neue Aufgaben zu erfüllen, um sich mehr in Einklang mit den Menschen zu fühlen, diesmal alles ausschliesslich für den kleinen Alten bestimmt, der ihn lachend ansah und «Ih!» machte, einen stimmlosen Laut, den Ansatz zu einem Pfiff.

«Aber warum», sagte der Grosse Lombarde plötzlich, «warum sitzt Ihr so unbequem? Das kann man aufklappen.»

Und er klappte die hölzerne Armlehne auf, vor welcher der kleine Alte auf der äussersten Kante der Bank hockte.

Der kleine Alte drehte sich um und betrachtete die aufgeklappte Armlehne und machte wieder «Ih!», ein paarmal hintereinander, blieb aber ebenso unbequem auf der äussersten Kante hocken, wobei er sich mit den ledernen Händchen auf seinen Knotenstock stützte, der beinahe so lang war wie er und einen Schlangenkopf als Knauf hatte.

Bei dieser Bewegung, als er sich umdrehte, um die Armlehne zu betrachten, sah ich den Schlangenkopf, und da sah ich auch etwas Grünes im Maul des Schlangenkopfes, ein Orangenzweiglein mit drei Blättchen daran, und der kleine Alte sah mich an, machte wieder «Ih!». Er nahm das Orangenzweiglein und steckte es sich in den Mund, in seinen Sparbüchsenschlitz von Mund, und war nun selbst ein Schlangenkopf.

«Ach, ich glaube, das ist es gerade», sagte der Grosse Lombarde, jetzt wieder zu allen sprechend. «Es befriedigt uns nicht mehr, unsere Pflicht, unsere Aufgaben zu erfüllen... Die Erfüllung lässt uns gleichgültig. Es ist uns trotzdem nicht wohl zumute. Und ich glaube, das kommt eben daher... Weil es zu alte Aufgaben sind, zu alt und zu leicht geworden, sie bedeuten dem Gewissen nichts mehr...»

«Aber seid Ihr wirklich kein Professor?» fragte der Mann aus Catania.

Er war vollblütig, ein Ochse; und mit ochsenhafter Traurigkeit starrte er die ganze Zeit auf seine Schuhe.

«Ich, ein Professor?» rief der Grosse Lombarde. «Schaue ich aus wie ein Professor? Ich bin kein Ignorant, ich kann ein Buch lesen, wenn ich Lust habe, aber ich bin kein Professor. Als Bub war ich bei den Salesianern, aber ich bin kein Professor.»

So kamen wir zur letzten Station vor Catania, die schon ein Vorort der grossen Stadt aus schwarzem Stein ist, und der kleine Alte, der «Ih!» machte wie ein trockener Strohhalm, stieg aus. Dann kamen wir nach Catania. Die Sonne schien in den Strassen aus schwarzem Stein, die vorbeizogen, Strassen und Häuser, schwarzer Stein, senkrecht unter dem Zug, und wir kamen im Bahnhof von Catania an. Der Mann aus Catania stieg aus, und auch der Grosse Lombarde stieg aus, und als ich durchs Fenster schaute, sah ich, dass Mit-Schnurrbart und Ohne-Schnurrbart gleichfalls ausgestiegen waren.

Kurz, der ganze Zug stieg aus, und die Fahrt ging mit den leeren Waggons in der Sonne weiter, und ich fragte mich, warum ich nicht auch ausgestiegen war.

Ich hatte jedenfalls meine Fahrkarte bis Syrakus und fuhr im leeren Wagen, in der Sonne, quer durch eine leere Ebene weiter. Als ich vom Gang ins Abteil zurückkam, war ich überrascht, den jungen Mann mit der gelben Gesichtsfarbe eines Kranken, in seinen Schal eingewickelt, die dünne Stoffmütze auf dem Kopf, unbeweglich auf seinem Platz zu finden; ich sah ihn an, und er sah mich an, und so fuhr ich wortlos, aber froh über seine Anwesenheit, mit ihm weiter und weiter, im Sonnenschein durch die leere Ebene, bis sich die Ebene mit Malariagrün bedeckte und wir nach Lentini kamen, am Fuss von langgestreckten Abhängen, die grün von Orangenbäumen und Malaria waren, und der junge Mann stieg aus und stand, in seinen Schal gewickelt, ausgezehrt von der Malaria, vor Kälte zitternd im Sonnenschein auf dem menschenleeren Bahnsteig.

So war ich allein, und die Landschaft am Meeresufer gegen Syrakus zu wurde felsig, doch dann hob ich den Blick und sah draussen im Gang Ohne-Schnurrbart stehen, der mich still betrachtete.

8

Er lächelte mir zu.

Er stand draussen im Gang, mit dem Rücken gegen die Sonne und hinter dem Rücken das felsige Land und das Meer, und wir beide, ich und er, waren im ganzen Wagen, vielleicht im ganzen Zug, allein unterwegs durch das leere Land.

Er lächelte mir mit seinem Zigarrenraucher-gesicht ohne Schnurrbart zu, dick und plump in seinem auberginefarbenen Mantel und dem auberginefarbenen Hut, er trat ein, er setzte sich.

«Sie gestatten doch?» fragte er, als er schon sass.

«Aber natürlich», sagte ich.

Und er war froh, dass er mit meiner Erlaubnis hier sitzen durfte, nicht so sehr des Sitzens wegen, es war ein ganzer Waggon zum Sitzen da, aber eben hier zu sitzen, wo ich war, ein anderer, ein Mensch.

«Ich dachte, ich hätte Sie in Catania aussteigen sehen», bemerkte ich.

«Ach, haben Sie mich gesehen?» sagte er froh. «Ich habe nur einen Freund zum Zug nach Caltanissetta begleitet. Ich bin im letzten Augenblick wieder eingestiegen.»

«Aha, aha», sagte ich.

«Ich bin in den letzten Wagen gesprungen.»

«Aha, aha», sagte ich.

«Fast hätte ich es nicht mehr geschafft.»

«Aha, aha», sagte ich.

«Und es war ein Wagen erster und zweiter Klasse dazwischen», sagte er. «Ich musste dort bleiben, so weit von meinem Gepäck.»

Und ich sagte: «Aha, aha.»

«Aber in Lentini bin ich ausgestiegen und hier wieder eingestiegen», sagte er.

Und ich sagte wieder: «Aha, aha.»

Und er sagte nichts mehr, er schwieg einen Augenblick, froh, befriedigt, dass er alles erklärt hatte. Dann seufzte er, lächelte und sagte: «Ich war in Sorge um mein Gepäck!»

«Eben», sagte ich. «Man kann nie wissen...»

«Nicht wahr?» rief er. «Man kann nie wissen... Bei den verdächtigen Typen, die sich herumtreiben.»

«Eben», sagte ich. «Bei diesen verdächtigen Typen...»

«So wie der, der in Lentini ausgestiegen ist», sagte er. «Haben Sie den gesehen?»

«Wen?» sagte ich. «Den Eingemummten?»

«Ja», sagte er, «den Eingemummten. Hatte der nicht ein richtiges Verbrechergesicht?»

Ich antwortete nicht, und er seufzte, sah sich um, las sämtliche Emailschildchen im Abteil und schaute in das leere, gerundete, eilende, gleichförmige Land aus nacktem Fels am Meeresrand hinaus.

Dann lächelte er und sagte schliesslich: «Ich bin Katasterbeamter.»

«Oh!» sagte ich. «Wirklich? Und... Was machen Sie? Fahren Sie auf Urlaub nach Hause?»

«Ja», antwortete er, «auf Urlaub. Ich fahre nach Sciacca, in meine Heimat.»

«Nach Sciacca», sagte ich. «Und kommen Sie von weither?»

«Aus Bologna», antwortete er. «Dort bin ich Beamter. Und meine Frau ist aus Bologna. Meine Kinder auch.»

Er war froh. Und ich sagte: «Und über diese Strecke fahren Sie nach Sciacca?»

«Ja, diese Strecke», sagte er. «Syrakus, Spaccaforno, Modica, Genisi, Donnafugata...»

«Vittoria, Falconara», sagte ich. «Licata.»

«Ahaaah!» rief er. «Girgenti...»

«Agrigento bitte», sagte ich. «Aber wäre es für Sie nicht bequemer gewesen, über Caltanissetta zu fahren?»

«Doch, es wäre bequemer», sagte er, «und ich hätte mir acht Lire erspart. Aber hier fährt man immer am Meer entlang...»

«Haben Sie das Meer so gern?» fragte ich.

«Ich weiss es nicht», antwortete er. «Ich glaube, ich habe es gern. Jedenfalls habe ich die Strecke gern...»

Und er seufzte und lächelte, dann stand er auf und sagte: «Sie erlauben?»

Er ging ins Nebenabteil und kam mit einem kleinen Frühstückskörbchen, wie für Kinder, aber aus Kunststoff, zurück und stellte es auf seine Knie, seine kurzen Beine. Er öffnete es, holte Brot hervor und lächelte.

«Brot», sagte er. «Eh, eh!»

Dann holte er ein langes Stück Pfannkuchen hervor und lächelte wieder. *«Pesceduovo!»* sagte er.

Ich erwiderte sein Lächeln. Und er teilte den Pfannkuchen mit einem Taschenmesser in zwei Teile und bot mir den einen an.

«O danke, nein!» sagte ich, seine mit Pfannkuchen bewaffnete Hand abwehrend.

Er verdüsterte sich.

«Was?» sagte er. «Sie wollen nichts nehmen?»

«Ich habe keinen Hunger», sagte ich.

Und er: «Sie haben keinen Hunger? Auf Reisen hat man immer Hunger.»

Und ich: «Aber es ist noch nicht mal eins. Ich werde in Syrakus essen.»

Und er: «Gut, dann fangen Sie jetzt an. In Syrakus können Sie weitermachen.»

Und ich: «Aber ich kann nicht. Ich würde mir den Appetit verderben.»

Und er verdüsterte sich immer mehr. Er wurde aufdringlich.

«Oh, ich bin Katasterbeamter!» sagte er wieder. Und er sagte: «Tun Sie mir das nicht an! Nur ein Stückchen, um mich nicht zu kränken...»

Ich nahm an und ass mit ihm den Pfannkuchen, und er war beglückt, und irgendwie war ich es auch, irgendwie froh, dass ich ihm eine Freude machte, während ich Pfannkuchen kaute und mir die Hände mit Pfannkuchen beschmierte wie er. Und inzwischen waren wir an Augusta vorbeigefahren, ein Berg von toten Häusern mitten im Meer zwischen Flugzeugen und Schiffen und zwischen Salinen in der Sonne, und näherten uns Syrakus, wir fuhren durch das leere Land am Meeresufer von Syrakus.

«Jetzt werden Sie in Syrakus mehr Appetit

haben», sagte er und fügte hinzu: «Bleiben Sie dort?»

«Ja, ich bleibe dort», sagte ich.

«Wohnen Sie dort?» fragte er.

«Nein», antwortete ich. «Ich wohne nicht dort.»

«Aber haben Sie niemanden in Syrakus?» fragte er.

«Nein», antwortete ich.

«Sie reisen also geschäftlich hin», sagte er.

«Nein», antwortete ich. «Nein.»

Er sah mich verwirrt an, während er Pfannkuchen ass und zusah, wie ich seinen Pfannkuchen ass, und ich sagte: «Sie haben eine schöne Baritonstimme.»

Er wurde puterrot. «Oh...», sagte er.

«Wieso? Wussten Sie das nicht?» fragte ich.

«Oh, wissen – das schon...», sagte er, puterrot und erfreut.

Und ich sagte: «Natürlich. Sie können nicht bis heute gelebt haben, ohne es zu wissen. Schade, dass Sie Katasterbeamter sind, anstatt zu singen...»

«Ja, das würde mir schon gefallen», sagte er. «Falstaff, Rigoletto... Auf allen Bühnen von Europa...»

«Oder auch auf den Strassen, was liegt

daran? Immer noch besser, als Beamter zu sein», sagte ich.

«Ach ja, vielleicht...», sagte er.

Er schwieg, etwas aus der Fassung geraten, und kaute schweigend, und hinter der Kurve des felsigen Landes tauchte gegen das Meer der Felsen des Doms von Syrakus auf.

«Jetzt sind wir in Syrakus», sagte ich.

Er sah mich an und lächelte.

«Da wären Sie also angekommen», bemerkte er.

Wir grüssten einander, der Zug fuhr in den Bahnhof ein.

«Ich glaube, ich habe sofort Anschluss», sagte er.

Und ich stieg in Syrakus aus, dem Ort, wo ich geboren und von wo ich vor fünfzehn Jahren ausgezogen war, eine Station meines Lebens. Während er sein Gepäck aus dem Zug holte, grüsste mich der angebliche Katasterbeamte, also Ohne-Schnurrbart, noch einmal.

«Auf Wiedersehen», sagte er. «Was werden Sie denn in Syrakus machen?»

Ich war schon weit genug weg von ihm, um nicht zu antworten, und antwortete ihm nicht, und ich ging zum Ausgang und sah ihn nicht mehr.

Und ich war in Syrakus.

Aber was sollte ich in Syrakus machen? Warum war ich nach Syrakus gekommen? Warum hatte ich meine Fahrkarte just nach Syrakus und nicht anderswohin genommen? Es war mir bestimmt gleich gewesen, wohin ich die Fahrkarte nahm. Und es war mir bestimmt gleich, ob ich in Syrakus oder anderswo war. Das war mir gleich. Ich war in Sizilien. Ich besuchte Sizilien. Und ich konnte auch wieder in den Zug steigen und nach Hause zurückfahren.

Aber ich hatte den Mann mit den Orangen kennengelernt, Mit-Schnurrbart und Ohne-Schnurrbart, den Grossen Lombarden, den Mann aus Catania, den kleinen Alten mit der Strohhalmstimme, den jungen Malariakranken in seinem Schal, und mir schien, dass es mir vielleicht doch nicht gleich wäre, ob ich in Syrakus oder anderswo war.

Wie blöd von mir, dachte ich. Warum fahre ich nicht statt dessen meine Mutter besuchen? Für dasselbe Geld, in derselben Zeit, in die Berge...

Und plötzlich hielt ich die nicht aufgegebene Glückwunschkarte an meine Mutter in der Hand, und mir fiel ein, dass heute der 8. war. Zum Teufel auch! dachte ich. Die arme Alte!

Wenn ich ihr die Karte nicht selbst bringe, bekommt sie sie heute nicht mehr. Und ich ging zum Bahnhof der Nebenlinie, um mich zu erkundigen, ob ich noch genug Geld hätte, um bis zu meiner Mutter, in die Berge, weiterzufahren.

Zweiter Teil

9

Um drei Uhr, in der Dezembersonne, fuhr das Bähnlein, kleine grüne Waggons, das Meer, das im Verborgenen rauschte, hinter sich lassend, in eine Felsschlucht und dann in das Dickicht von Feigenkakteen hinein. Es war die sizilianische Nebenlinie von Syrakus in die Berge: Sortino, Palazzolo, Monte Lauro, Vizzini, Grammichele.

Die Stationen begannen vorüberzuziehen, Holzbuden, mit Sonne auf der roten Mütze der Stationsvorsteher; und der Wald, Kaktusbäume so hoch wie Galgen, öffnete sich und schloss sich wieder zusammen. Sie waren aus blauem Stein, lauter Feigenkakteen, und wenn man einer lebendigen Seele begegnete, war es ein Junge, der die Strecke entlang oder zurück ging, um die stachelgekrönten Früchte zu pflücken, die korallenrot auf dem Stein der Kaktusbäume wuchsen. Er schrie dem Zug nach, während der Zug an ihm vorbeifuhr.

Drinnen im Wald wehte ein leiser Wind; auf den Haltestellen hörte man ihn rauschen, wie vorhin das Meer, einen Wind voller Geknatter. Dann flatterte der Zipfel eines roten Fähnchens, wir kamen an, wir fuhren weiter. Und zwischen den Feigenkakteen zeigten sich Häuser; der Zug hielt auf den Bogen einer Brücke, und von der Brücke aus umkreiste er die Stufenreihen der Dächer; wir durchfuhren den Tunnel, wir waren wieder zwischen Feigenkakteen und Felsen, und wieder begegnete man keiner lebendigen Seele ausser einem Jungen.

Er schrie, er schrie dem Zug nach, während der Zug an ihm vorbeifuhr; und die Sonne schien über seinem Schrei auf die roten Fähnchen, auf die roten Mützen der Stationsvorsteher.

Dann plötzlich waren eine rote Mütze, ein rotes Fähnchen, ein Jungenschrei nicht mehr von der Sonne beschienen, und unter den Feigenkakteen dunkelte es, eine Lampe tauchte auf. Ein hellgrauer Esel durchwatete einen Wasserlauf; und wir kletterten immer höher und fuhren durch Tunnels, wir sahen lange Bergrücken und auf den Haltestellen, in einer Mulde unten, vier Lichter, fünf Lichter, die Dörfer.

Dann vernahm man das Tosen eines Sturzbachs, und eine Stimme sagte: «Wir sind in Vizzini.» Und das Tosen des Sturzbachs blieb unveränderlich zu Füssen des Zuges, wir hielten.

Wir stiegen in völliger Dunkelheit neben dem Wasserlauf aus, und auf einer Seite war der Berg, auf der anderen der Himmel.

Das war Vizzini, und dort verbrachte ich die Nacht in einem Gasthofzimmer, das nach Johannisbrot roch. Es gab keinen Postwagen mehr nach meinem Bestimmungsort, und ich war schläfrig von zwei Nächten und fror. Es machte mir nichts, dass ich den Postwagen versäumt hatte, ich wollte nichts als schlafen, und ich schlief dort, tief wie unter der Erde unter dem Johannisbrotgeruch. Und ich erwachte am nächsten Morgen, ebenfalls aus Johannisbrot, nunmehr mit jenem Geruch in mir, im Licht, das durch das Fenster ohne Läden eindrang, und fuhr, als schliefe ich weiter, im Postwagen den Sturzbach entlang, von Vizzini über drei Täler, immer höher in die Berge hinauf, drei Stunden lang, bis jemand sagte: «Schnee!», und wir waren angekommen.

10

So etwas - ich bin bei meiner Mutter! dachte ich, als ich am Fuss des langen Treppenweges, der zum oberen Teil des Dorfes führte, aus dem Postwagen stieg.

Der Name des Dorfes stand auf einer Mauer, so wie auf den Karten, die ich meiner Mutter jedes Jahr schickte, und alles übrige, der Treppenweg zwischen den alten Häusern, die Berge ringsum, die Schneeflecken auf den Dächern, lag vor meinen Augen, wie ich mich plötzlich erinnerte, es ein- oder zweimal in meiner Kindheit gesehen zu haben. Und es schien mir nicht gleichgültig zu sein, dass ich hier war, ich freute mich, dass ich hergekommen und nicht in Syrakus geblieben war, dass ich nicht den nächsten Zug nach Oberitalien zurück genommen und meine Reise noch nicht beendet hatte. Das war das Wichtigste am Hiersein: dass ich meine Reise nicht beendet, dass ich sie vielleicht sogar kaum begonnen hatte. Wenigstens empfand ich es so, während ich den langen Treppenweg betrachtete und die Häuser und Kuppeln oben und das Gefälle der Häuser und der Felsen und die Dächer unten im Tal, und den Rauch aus irgendeinem Schornstein, die Schneeflecken, das Stroh und die kleine Schar von blossfüssigen sizilianischen Kindern auf der Eiskruste, die in der Sonne rings um den gusseisernen Brunnen den Boden bedeckte.

So etwas - ich bin bei meiner Mutter! dachte ich wieder, und mein Hiersein erschien mir überraschend, so wie man sich überraschend auf irgendeinem Punkt der Erinnerung wiederfindet, ja geradezu märchenhaft, und ich glaubte nun schon aufgebrochen zu sein zur Reise in eine vierte Dimension. Es schien, als wäre zwischen dem Dasein in Syrakus und dem Hiersein nichts gewesen oder bloss ein Traum, ein seelisches Zwischenspiel, und das Hiersein wäre nur durch meinen Beschluss bewirkt, durch eine Bewegung meiner Erinnerung, nicht meines Körpers, und das galt auch für die Morgenfrühe, das galt auch für die Gebirgskälte und die Freude des Hierseins; es tat mir nicht einmal leid, dass ich nicht schon gestern abend, bevor der Namenstag meiner Mutter zu Ende ging, hatte hier sein können, so als ob das Licht dieses Tages noch dem 8. und nicht schon dem 9. Dezember angehörte oder aber einem Tag in einer vierten Dimension.

Ich wusste, dass meine Mutter im oberen

Teil des Dorfes wohnte, ich erinnerte mich, diesen Treppenweg hinaufgestiegen zu sein, wenn wir in meiner Kindheit die Grosseltern besuchen kamen, und ich begann hinaufzusteigen. Vor manchen Häusern lagen Reisigbündel auf den Stufen, und ich stieg weiter, hier und da säumte ein Schneestreifen den Weg, und in der Kälte, in der Sonne dieses Morgens oder inzwischen beinahe Mittags kam ich schliesslich oben an, hoch über der gewaltigen Landschaft der Berge und der schneegesprenkelten Täler. Kein Mensch war zu sehen, nur blossfüssige Kinder mit von Frostbeulen wunden Füssen, und ich wanderte oben zwischen den Häusern, rund um die Kuppeln der grossen Mutterkirche herum, die ich gleichfalls aus alter Zeit her in meiner Erinnerung wiederfand.

Ich ging mit der Glückwunschkarte in der Hand, darauf stand der Name der Gasse und die Nummer des Hauses, wo meine Mutter wohnte, und ich konnte sehr leicht den rechten Weg finden, wie ein Briefträger, von der Karte geleitet und ein wenig auch von der Erinnerung. In einem Laden mit Säcken und Fässern, den ich dort erblickte, wollte ich überdies fragen, und so kam ich auf Besuch zu Signora Concezione Ferrauto, meiner Mutter, wie ein

Briefträger, der eine Adresse sucht, die Glückwunschkarte in der Hand und den Namen, Concezione Ferrauto, auf den Lippen. Das Haus war das letzte der angegebenen Strasse, über einem kleinen Gärtchen; eine kurze Treppe an der Aussenseite führte zur Haustür. Ich stieg in der Sonne hinauf, ich sah nochmals die Adresse auf der Karte an und war bei meiner Mutter, ich erkannte die Schwelle wieder, und es war mir nicht gleichgültig, dass ich hier war, es war der Höhepunkt der Reise in die vierte Dimension.

Ich stiess die Tür auf und trat ins Haus, und aus einem anderen Zimmer rief eine Stimme: «Wer ist das?» Und ich erkannte die Stimme, an die ich mich fünfzehn Jahre lang nicht erinnert hatte; jetzt, da ich mich an sie erinnerte, war sie die gleiche wie vor fünfzehn Jahren, sie war hoch und hell, und ich erinnerte mich, wie meine Mutter in meiner Kindheit aus einem anderen Zimmer sprach.

«Signora Concezione», sagte ich.

11

Die Signora erschien, gross, mit hellem Haar, und ich erkannte meine Mutter genau, eine grosse Frau mit hellbraunem, fast blondem Haar, strengem Kinn, strenger Nase, schwarzen Augen. Sie hatte eine rote Decke um die Schultern, um sich warmzuhalten.

Ich lachte. «Also herzliche Glückwünsche!» sagte ich.

«Oh, das ist ja Silvestro», sagte meine Mutter und kam zu mir.

Ich gab ihr den Sohneskuss auf die Wange, sie küsste mich auf die Wange und sagte: «Wie zum Teufel kommst du in diese Gegend?»

«Wie hast du es angestellt, mich zu erkennen?» fragte ich.

Meine Mutter lachte. «Das möchte ich auch wissen», sagte sie. Es roch nach gebratenem Hering, und meine Mutter fügte hinzu: «Gehen wir in die Küche. Ich habe den Hering auf dem Feuer.»

Wir gingen in das Zimmer nebenan, wo die Sonne auf die dunkle Rückenlehne des Eisenbetts schien, und von dort in die enge Küche, wo die Sonne auf alle Gegenstände schien. Mitten auf dem Fussboden brannte ein kupfernes Kohlenbecken auf einem hölzernen Tritt. Darauf briet rauchend der Hering, und meine Mutter bückte sich, um ihn zu wenden. «Du wirst sehen, wie gut der ist», sagte sie.

«Ja», sagte ich und atmete den Heringsgeruch ein, und es war mir nicht gleichgültig, es machte mir Freude, ich erkannte den Geruch der Mahlzeiten meiner Kindheit wieder. «Ich glaube, es gibt nichts Besseres», sagte ich. Und ich fragte: «Haben wir das gegessen, als ich klein war?»

«Und ob!» sagte meine Mutter. «Hering im Winter und Peperoni im Sommer. So haben wir immer gegessen. Erinnerst du dich nicht?»

«Und Bohnen mit Distelgemüse», sagte ich, mich erinnernd.

«Jawohl, Bohnen mit Distelgemüse», sagte meine Mutter. «Du warst ganz verrückt nach Bohnen mit Distelgemüse.»

«Ah!» sagte ich. «War ich danach verrückt?»

Und meine Mutter: «Ja, du hättest immer noch einen zweiten Teller haben wollen... Und ebenso von Linsen mit Zwiebeln, gedörrten Tomaten und Speck...»

«Und mit einem Rosmarinzweiglein dabei, nicht?» sagte ich.

Und meine Mutter: «Ja, mit einem Rosmarinzweiglein.»

Und ich: «Auch davon hätte ich immer noch einen Teller haben wollen?»

Und meine Mutter: «Und ob! Du warst wie Esau. Du hättest deine Erstgeburt für einen zweiten Teller Linsen gegeben. Mir ist, als sähe ich dich aus der Schule kommen, so um drei, vier Uhr nachmittags, mit dem Zug...»

«Ach ja», sagte ich, «mit dem Güterzug, im Gepäckwagen... Zuerst ich allein, dann ich und Felice, dann ich, Felice und Liborio.»

«Ihr Kleinen alle», sagte meine Mutter, «mit euren Wuschelköpfen, die Schnauze schwarz, die Hände ewig schwarz... Und sofort habt ihr gefragt: ‹Gibt's heut Linsen, Mutter?›»

«Die Bahnwärterhäuschen, in denen wir gewohnt haben...», sagte ich. «Ausgestiegen ist man am Bahnhof, in San Cataldo, in Serradifalco, in Acquaviva, und wie alle die Orte geheissen haben... Und dann musste man einen oder zwei Kilometer zu Fuss gehen, bis man zu Hause war.»

Und meine Mutter: «Ja, manchmal auch drei Kilometer. Der Zug fuhr vorbei, und ich wusste, dass ihr unterwegs, auf der Strecke wart, ich habe die Linsen zum Aufwärmen, den Hering zum Braten hingestellt und euch dann rufen gehört: ‹Land, Land!›»

«Land? Wieso Land?» fragte ich.

«Sicher, Land! Das war so ein Spiel von euch», sagte meine Mutter. «Und irgendwo, in Racalmuto war das, stand das Bahnwärterhaus an einer Steigung, und der Zug musste langsam fahren, da seid ihr draufgekommen, aus dem fahrenden Zug abzuspringen, und vor dem Haus abgesprungen; und ich hatte eine Heidenangst, ihr könntet unter die Räder geraten, und habe euch draussen mit dem Stock erwartet...»

«Und uns verprügelt?» fragte ich.

Und meine Mutter: «Und wie! Erinnerst du dich nicht? Ich habe euch mit dem Stock schier die Beine zerbrochen, und manchmal habt ihr auch nichts zu essen gekriegt.»

Sie richtete sich mit dem Hering in der Hand auf, sie hielt ihn am Schwanz und musterte ihn, von der einen Seite, von der anderen; und ich sah im Geruch des Herings ihr Gesicht, um nichts vermindert seit damals, als es ein junges Gesicht war, wie ich mich jetzt erinnerte, das es gewesen war, und das Alter, das sich dazu nun darüberlegte. Das war meine Mutter: die Erinnerung an sie, wie sie vor fünfzehn Jahren, vor zwanzig Jahren gewesen war, als sie uns jung und furchteinflössend, mit dem Stock in der Hand, beim Abspringen vom Güterzug erwartete; die Erinnerung und dazu die ganze zeitliche Entfernung, das, was inzwischen dazugekommen war. So war sie zweimal wirklich. Sie musterte den Hering, den sie in die Höhe hielt, von der einen Seite, von der anderen, nirgends angebrannt und doch ganz gebräunt, und auch der Hering war beides zusammen: die Erinnerung und was inzwischen dazugekommen war. Und jedes Ding war beides, die Erinnerung und was inzwischen dazugekommen war: die Sonne, die Kälte, das kupferne Kohlenbecken mitten in der Küche und dass ich mir des Punktes, auf dem ich in der Welt stand, bewusst wurde. Jedes Ding war beides, also zweimal wirklich; und vielleicht war es mir darum nicht gleichgültig, dass ich reiste, dass ich mich hier wusste, weil es eben zweimal wahrhaftig war, auch die Fahrt von Messina herunter, und die Orangen auf dem Fährboot und der Grosse Lombarde im Zug und Mit-Schnurrbart und Ohne-Schnurrbart und die grüne Malaria und Syrakus, kurz gesagt Sizilien selbst, alles zweimal wirklich und auf Reisen, vierte Dimension.

12

Der Hering wurde geputzt, auf einen Teller gelegt, mit Öl beträufelt, und meine Mutter und ich setzten uns zu Tisch. In der Küche, meine ich; das sonnenerfüllte Fenster hinter meiner Mutter mit ihrer roten Decke und ihren lichtbraunen, sehr hellen Haaren. Der Tisch stand an der Wand, und ich und meine Mutter sassen einander daran gegenüber, mit dem Kohlenbecken darunter und dem Heringsteller darauf, der von Öl fast überfloss. Meine Mutter warf mir eine Serviette zu, schob mir einen Teller und eine Gabel hin und zog einen grossen Laib Brot, der zur Hälfte aufgezehrt war, aus der Schublade.

«Es macht dir doch nichts, dass ich kein Tischtuch auflege?» fragte sie.

«O nein», sagte ich.

Und sie: «Ich kann nicht alle Tage waschen. Ich bin jetzt alt.»

Aber in meiner Kindheit hatten wir immer ohne Tischtuch gegessen, ausser an Sonn- und Feiertagen, meine Mutter hatte immer gesagt, sie könne nicht alle Tage waschen, daran erinnerte ich mich.

Ich begann, Hering und Brot zu essen, und fragte: «Aber wieso gibt's denn keine Suppe?»

Meine Mutter sah mich an und sagte: «Ja, wusste ich denn, dass du kommst?»

Und ich sah sie an und sagte: «Ich sage es doch deinetwegen. Machst du dir nie Suppe?»

«Du sagst es meinetwegen?» antwortete meine Mutter. «Ich habe fast nie im Leben Suppe gegessen. Für euch und den Vater habe ich Suppe gekocht, aber was ich gegessen habe, war Hering im Winter, gebratene Peperoni im Sommer, viel Öl, viel Brot...»

«Immer nur das?» fragte ich.

«Immer, warum nicht?» sagte meine Mutter. «Auch Oliven natürlich, und manchmal auch Schweinefleisch, Wurst, wenn wir ein Schwein hatten.»

«Hatten wir ein Schwein?» fragte ich.

«Freilich, erinnerst du dich nicht?» sagte meine Mutter. «In manchen Jahren hatten wir ein Schwein, in den Bahnwärterhäusern. Wir haben es mit Feigenkakteen gefüttert und dann geschlachtet.»

Da erinnerte ich mich an das Land rund um ein Bahnwärterhaus, mit den Bahngeleisen und den Kaktusbäumen und dem Geschrei eines Schweines. Es ging uns gut in den Bahnwärterhäusern, dachte ich. Das ganze weite Land, um darin herumzulaufen, ohne es zu bestellen, ohne Bauern, bloss ein paar Schafe und die Schwefelarbeiter, die nachts, wenn wir schon im Bett lagen, aus den Schwefelgruben zurückkamen. Es ging uns gut, dachte ich und fragte: «Wir hatten auch Hühner, nicht?»

Meine Mutter sagte, ja natürlich hätten wir ein paar gehabt, und ich sagte: «Wir haben Mostrich gemacht...»

Und meine Mutter: «Wir haben alles mögliche gemacht... An der Sonne gedörrte Tomaten... Gebäck aus Kaktusfrüchten.»

«Wir hatten es gut», sagte ich und dachte es auch, während ich an die Tomaten dachte, die an den Sommernachmittagen in der Sonne dörrten, ohne eine lebende Seele in dem weiten Land. Das Land war ausgedorrt, schwefelfarben, und ich erinnerte mich an das gewaltige Gesumm des Sommers und die strömende Stille, und wieder dachte ich, wie gut wir es hatten. «Wir hatten es gut», sagte ich. «Wir hatten sogar Drahtnetze!»

«Es waren ja Malariagegenden, meistens», sagte meine Mutter.

«Die grosse Malaria!» sagte ich.

Und meine Mutter: «Gross, wahrhaftig!»

Und ich: «Die Zikaden!» Und ich dachte an den Zikadenwald jenseits der Drahtnetze der Fenster, der Veranda, in der Sonneneinsamkeit, und sagte: «Ich dachte immer, die Zikaden wären die Malaria.»

«Haha!» lachte meine Mutter. «Vielleicht hast du darum so viele gefangen?»

«Habe ich viele gefangen?» sagte ich. «Aber es war ihr Zirpen, das ich für die Malaria hielt, nicht sie selber... Ich habe welche gefangen?»

«Und ob!» sagte meine Mutter. «Zwanzig, dreissig aufs Mal.»

Und ich: «Ich habe sie wohl als Grillen gefangen... Was habe ich mit ihnen gemacht?»

Meine Mutter lachte wieder. «Ich glaube, du hast sie gegessen», sagte sie.

«Gegessen?» rief ich.

«Ja», sagte sie. «Du und deine Brüder.»

Sie lachte, und ich war bestürzt. «Wie ist das möglich?» fragte ich.

Und meine Mutter sagte: «Vielleicht hattet ihr Hunger.»

Und ich: «Hatten wir Hunger?»

Und meine Mutter: «Vielleicht.»

«Aber wir hatten es doch gut zu Hause!» protestierte ich.

Meine Mutter sah mich an. «Ja», sagte sie,

«der Vater bekam an jedem Monatsende seinen Lohn, und da ging es uns zehn Tage lang gut, wir waren der Neid sämtlicher Bauern und Schwefelarbeiter. Aber nach diesen ersten zehn Tagen waren wir wieder genau wie sie. Wir haben Schnecken gegessen.»

«Schnecken?» sagte ich.

«Ja, und wilde Zichorie», sagte meine Mutter.

Ich dachte darüber nach und lächelte, dann sagte ich: «Ich nehme an, sie haben schliesslich ganz gut geschmeckt.»

Und meine Mutter: «Ausgezeichnet! Man kann sie auf so viele Arten zubereiten.»

Und ich: «Auf viele Arten? Wie?»

Und meine Mutter: «Zum Beispiel einfach gesotten. Oder mit Knoblauch und Tomaten. Oder mit Mehl bestreut und gebacken.»

Und ich: «Was für eine Idee! Mit Mehl bestreut und gebacken! Mit der Schale?»

Und meine Mutter: «Aber selbstverständlich! Man saugt sie aus der Schale. Erinnerst du dich nicht?»

Und ich: «Doch, doch, ich erinnere mich! Mir scheint, das ganze Vergnügen besteht darin, die Schale auszusaugen.»

Und meine Mutter: «Stundenlang kann man saugen!»

13

Zwei, drei Minuten lang assen wir schweigend unseren Hering, dann begann meine Mutter wieder und beschrieb mir ein paar Arten, Schnecken zuzubereiten. Dann könnte ich es meiner Frau beibringen, sagte sie. Doch ich sagte ihr, dass meine Frau keine Schnecken kochte. Und meine Mutter wollte wissen, was meine Frau so im allgemeinen kochte, und ich erzählte ihr, dass sie so im allgemeinen Suppenfleisch kochte.

«Suppenfleisch? Von was für Fleisch?» rief meine Mutter.

«Rindfleisch», sagte ich.

Meine Mutter sah mich angewidert an. Sie fragte, wonach das schmecke. Und ich sagte, es hätte keinen eigentümlichen Geschmack, es wären Teigwaren mit Fleischbrühe.

«Und das Fleisch?» fragte meine Mutter.

Und ich sagte ihr, gewöhnlich wäre gar kein Fleisch mehr da, wenn man die Suppe gegessen hatte. Ich erklärte ihr schliesslich das Ganze: Karotten, Sellerie und ein sogenannter Fleischknochen, alles ganz genau, um ihr begreiflich zu machen, dass es den Leuten in

Norditalien viel besser ginge als in Sizilien, zumindest heutzutage, in der Stadt zumindest, und dass sie gewissermassen wie Christenmenschen ässen.

Doch meine Mutter sah mich noch immer angewidert an.

«Oh!» rief sie. «Jeden Tag dieses Zeug?»

Und ich sagte: «Gewiss! Keineswegs nur Sonntag! Solange man Arbeit hat und Geld verdient, zumindest.»

Meine Mutter war bestürzt. «Jeden Tag! Und ihr bekommt es nicht satt?» sagte sie.

«Und du bekommst deinen Hering nicht satt?» fragte ich.

«Aber ein Hering schmeckt nach etwas», sagte meine Mutter. Und sie begann mir alle Heringe aufzuzählen, die sie in ihrem Leben gegessen zu haben glaubte; sie sagte, in dieser Beziehung, in ihrer Fähigkeit, Hering und wieder Hering zu essen, wäre sie ihrem Vater, meinem Grossvater, nachgeraten.

«Ich glaube, Heringe tun dem Gehirn gut», sagte sie. «Sie geben auch eine schöne Gesichtsfarbe.» Und sie erläuterte, wie gut Heringe ihrer Meinung nach auf die verschiedenen menschlichen Organe und Funktionen wirkten, sie behauptete, mein Grossvater sei eben dank den Heringen ein grosser Mann geworden.

«War der Grossvater ein grosser Mann?» fragte ich. Ich erinnerte mich undeutlich, dass ich in meiner fernsten Kindheit unter einem Schatten aufgewachsen war, das musste der Schatten seiner Grösse gewesen sein. Und ich fragte: «War denn der Grossvater ein grosser Mann?»

«Und ob! Wusstest du das nicht?» sagte meine Mutter.

Ich sagte, ja, ich wüsste es, aber ich fragte, was er Grosses getan hätte, und meine Mutter rief, er wäre in allem gross gewesen. Er hätte grosse, schöne Töchter in die Welt gesetzt, lauter Weibertöchter, rief sie, und er hätte sich das Haus, in dem sie jetzt wohnte, ganz allein gebaut, ohne doch Maurer zu sein, mit seinen eigenen Händen... «Er war ein grosser Mann», sagte sie. «Er konnte achtzehn Stunden im Tag arbeiten, und er war ein grosser Sozialist, ein grosser Jäger und ein grosser Reitersmann in der St.-Josephs-Prozession.»

«Er ist in der St.-Josephs-Prozession mitgeritten?» fragte ich.

«Und ob! Er war ein gewaltiger Reiter, der beste hier im Dorf und auch in Piazza Armerina», sagte meine Mutter. «Wie, meinst du, hätten sie die Prozession ohne ihn abgehalten?»

Und ich sagte: «Er war doch Sozialist...»

Und meine Mutter: «Er war Sozialist. Er konnte weder lesen noch schreiben, aber er verstand etwas von Politik und war Sozialist.»

Und ich: «Wie konnte er hinter dem heiligen Joseph her reiten, wenn er Sozialist war? Die Sozialisten glauben doch nicht an den heiligen Joseph.»

«Was bist du für ein Esel!» rief da meine Mutter. «Dein Grossvater war kein Sozialist wie alle anderen. Er war ein grosser Mann. Er konnte an den heiligen Joseph glauben und trotzdem Sozialist sein. Er hatte Verstand genug für tausend verschiedene Dinge. Und er war Sozialist, weil er etwas von Politik verstand. Aber er konnte dabei an den heiligen Joseph glauben. Er hat nie etwas gegen den heiligen Joseph gesagt.»

«Ich nehme an, die Priester haben ihn trotzdem für einen Gegner gehalten», sagte ich.

Und meine Mutter: «Und was war ihm an den Priestern gelegen?»

Und ich: «Aber die Prozession war Sache der Priester!»

«Du bist mir ein schöner Dummkopf!» rief

meine Mutter. «Die Prozession, das waren Pferde und Reiter. Es war eine Kavalkade.» Sie stand auf und ging ans Fenster, und ich begriff, dass ich ihr dorthin folgen sollte. «Schau», sagte sie. Vom Fenster aus sah man den steilen Fall der Dächer und dann die Täler, den Bach und die Wälder in der Wintersonne und gegenüber den Berg mit seinen schneebefleckten Felsabstürzen. «Schau», sagte meine Mutter. Und ich schaute hin und sah die Dächer mit den rauchlosen Schornsteinen und den Bach, die Johannisbrotbaumwälder, die Schneeflekken, deutlicher, das heisst zweimal wirklich, und meine Mutter sagte: «Die Kavalkade zog von dort drüben aus, in der Richtung dieser Telegraphenstange... Auf dem Berg dort liegt eine kleine Kirche, die man nicht sieht, aber man beleuchtete sie innen und aussen, und sie wurde zu einem Stern. Die Kavalkade zog von der Kirche aus, mit Laternen und Schellen, den Berg hinunter. Es fand immer bei Nacht statt, natürlich. Man sah die Laternen, und ich wusste, dass mein Vater an der Spitze ritt, ein grosser Reitersmann, und alles wartete auf dem Platz unten oder auf der Brücke. Und die Kavalkade verschwand im Wald, man sah die Laternen nicht mehr und hörte nur die Schellen. Das ging lange, und dann erschien die Kavalkade auf der Brücke, mit dem ganzen Schellengelärm und mit den Laternen, und mit ihm an der Spitze, als hörte man einen König heransprengen...»

«Mir scheint, ich erinnere mich», sagte ich, und mir schien wirklich, als hätte ich etwas Ähnliches zumindest geträumt, Rossegeklingel und ein grosser Stern mitten auf dem Berg, in tiefer Nacht, doch meine Mutter sagte: «Unsinn! Du warst erst drei Jahre alt, das einzige Mal, dass du es gesehen hast.»

Und ich betrachtete wieder das Sizilien, das da draussen lag, und dann meine Mutter in ihrer roten Decke, von dem hellen Kopf bis zu den Füssen, und ich sah, dass sie Männerschuhe an den Füssen trug, alte Schuhe von meinem Vater, grobe Bahnwärterschuhe, vielleicht Nagelschuhe, wie sie sie zu Hause immer getragen hatte, daran erinnerte ich mich jetzt, um es bequemer zu haben oder sich irgendwie in den Mann eingepflanzt zu fühlen, ein Stückchen Mann, eine Rippe des Mannes.

14

Wir kehrten zum Tisch zurück, und da ich sie schweigend ansah, sagte sie: «Was schaust du mich so an?»

Und ich sagte: «Darf ich dich denn nicht anschauen?»

«Schön», sagte meine Mutter, «wenn du mich anschauen willst, schau mich an, aber iss auf.»

Ich schnitt mir noch eine Scheibe von dem Brot ab, das hart war und eine weissliche Rinde hatte, als wäre es nicht gut ausgebacken, und sagte: «Aber was ist dem Vater eingefallen, mit einer anderen Frau auf und davon zu gehen, in seinem Alter?»

Meine Mutter schien überrascht, sogar beleidigt, und als hätte sie gegen jedes meiner Worte etwas einzuwenden. «Was weisst denn du davon?» rief sie.

«Er hat es mir geschrieben», sagte ich.

«Ach, der gemeine Kerl!» rief meine Mutter. «Er hat dir geschrieben, dass er eine andere Frau erblickt und mich sitzengelassen hat und mit ihr auf und davon ist?»

Ich sagte, ja, so hätte ich es verstanden, und sie rief: «So ein gemeiner Kerl!»

Und ich sagte: «Wieso? Ist es nicht wahr?»

Und meine Mutter: «Wie soll es denn wahr sein? Erinnerst du dich nicht mehr, was für ein feiger Kerl er war?»

«Ein feiger Kerl?» sagte ich.

«Freilich!» rief meine Mutter. «Wenn er mich prügelte und nachher anfing, zu weinen und mich um Verzeihung zu bitten...»

Ich liess mir einen Ausruf entschlüpfen. «Oh!» sagte ich. «Da sieht man, dass es ihm leid getan hat.»

«Leid getan!» rief meine Mutter. «Als ob ich mich nicht meiner Haut wehren könnte und es ihm nicht auch gegeben hätte! *Das* hat ihm vielleicht leid getan!»

Ich lachte. «Hahaha!» lachte ich und erinnerte mich an die beiden: mein Vater schlank und behende wie ein Knabe, mit seinen blauen Augen, und sie schwer, kraftvoll, mit den groben Schuhen, wie sie sich prügelten, wenn sie wild wurden und einander in die Haare gerieten, wüst um sich schlagend, den Stühlen Fusstritte, den Fensterscheiben Faustschläge, den Tischen Stockhiebe versetzend, und wir hatten dazu gelacht und Beifall geklatscht. «Haha!» lachte ich.

Und meine Mutter sagte: «Begreifst du, was

für ein feiger Kerl er war? Und auch wenn ich niederkommen sollte, hat er geweint. Ich hatte die Wehen und habe nicht geweint, aber er hat geweint. Meinen Vater hätte ich an seiner Stelle sehen wollen!»

«Ich nehme an, es hat ihn geschmerzt, dich leiden zu sehen», sagte ich.

«Geschmerzt!» rief meine Mutter. «Warum sollte es ihn schmerzen? Ich war nicht am Sterben. Es wäre gescheiter gewesen, anzufassen und mir zu helfen, statt zu weinen.»

Und ich: «Aber was hätte er denn tun können?»

Und meine Mutter: «Was er hätte tun können? Tust du nichts, wenn deine Frau niederkommt?»

Und ich: «Schön, ich halte sie...»

«Siehst du wohl, dass du etwas tust?» sagte meine Mutter. «Aber er hat mich nicht einmal gehalten. Wir waren allein in dieser Einöde, und es gab so viel zu tun, Wasser heissmachen, aber er konnte nur weinen... Oder er ist zum nächsten Bahnwärterhaus gelaufen, die Frauen von dort zu holen. Das hat ihm gefallen, andere Frauen im Haus! Aber die sind nie sofort gekommen, und ich hatte Hilfe nötig. Ich schreie ihn an, er soll mir helfen, mich halten, mit mir herummarschieren, und er weint. Er wollte es nicht mit ansehen.»

«Ach!» rief ich. «Er wollte es nicht mit ansehen?»

Meine Mutter blickte mich ein wenig schielend an. «Nein, er wollte es nicht mit ansehen», sagte sie. Dann fügte sie hinzu: «Ich glaube, ihr habt mehr gesehen als er. Ihr seid herausgekommen...»

Ich unterbrach sie. «Wir haben mehr gesehen als er?» fragte ich.

Und meine Mutter: «Ja, ihr, ihr wolltet zuschauen... Ihr seid aus eurer Kammer herausgekommen und habt euch neben ihm aufgepflanzt, aber er hat die Augen nicht aufgeschlagen, und ihr, ihr habt sie weit aufgerissen. Ihr habt ihm zugeschaut, wie er weint, und mir, wie ich mich mühe, herumzumarschieren, von einem Möbel zum anderen. Ich schreie ihn an, er soll euch wegschicken, aber nicht einmal dazu ist er imstande... Meinen Vater hätte ich an seiner Stelle sehen wollen!»

«Deinen Vater?» sagte ich.

«Freilich!» rief meine Mutter. «Der war ein grosser Mann, ein grosser Reiter, ein Bauer, der achtzehn Stunden täglich auf seinem Feld hacken konnte, und er getraute sich etwas; der hat alles getan, wenn die Mutter in den Wehen lag. Darum hätte ich ihn an seiner Stelle sehen wollen... Ich sage ihm, er soll euch wegschikken, aber nichts zu machen, er schlägt nicht die Augen auf, er hat Angst hinzusehen. Und ich schimpfe ihn einen feigen Kerl, ich sage ihm, er soll mir helfen, ich sage ihm, er soll mich halten, weil eine Wehe kommt, und weisst du, was er mir antwortet? Er antwortet mir: ‹Warte doch, bis sie kommen!›»

«Wer sollte kommen?» fragte ich.

Und meine Mutter: «Er meinte die Frauen, die er holen gegangen war... Aber die Frauen kamen nicht immer rechtzeitig. Und einmal spüre ich, dass der Kopf des Kindes schon draussen ist, das war der dritte von euch, und ich werfe mich aufs Bett und sage ihm: ‹Beeil dich, es ist schon da!›»

«Und wir haben zugeschaut?» fragte ich.

Und meine Mutter: «Natürlich. Er hatte euch ja nicht weggeschickt. Aber ihr wart noch ganz klein, bloss du und Felice, du zweieinhalb Jahre und Felice ein Jahr oder ein bisschen darüber, das Kleine war der dritte von euch... Ich sehe, dass der Kopf schon ganz draussen ist...»

«Und wir haben zugeschaut?» fragte ich.

Und meine Mutter: «Jawohl! Und auch das Kleine hat zugeschaut, den Kopf ganz draussen und die Augen weit offen, es war ein schönes Kind, und ich brülle den Vater an, er soll sich beeilen und es herausziehen. Und weisst du, was er tut? Er hebt die Arme zum Himmel auf und beginnt den lieben Gott anzuflehen, wie wenn er seine Theaterstücke aufführte!»

«Oh!» sagte ich.

Und meine Mutter: «Ja, das tat er... Und das Kleine schaute mich an, es wurde schon blau im Gesicht, es war ein schönes Kind, und ich wollte nicht, dass es mir erstickte...»

«Dann kam wohl jemand», sagte ich.

Und meine Mutter: «Ach wo! Es war um zwei in der Nacht, und niemand kam... Aber ich ergreife die Wasserflasche auf dem Nachttisch, eine solche Wut hatte mich gepackt, und schmeisse sie dem Vater an den Kopf.»

«Hast du ihn getroffen?» fragte ich.

Und meine Mutter: «Herrgott, ich kann doch zielen! Ich habe ihn getroffen, und da hat er sich bequemt, mir zu helfen. Und er hat mir wirklich geholfen, hat das Kind heil und ganz aus mir herausgezogen, als wäre er plötzlich ein anderer Mensch, nicht er selber; aber natürlich war es mehr mein Pressen als sein Ziehen, er hatte das Gesicht ganz voll Blut und Schweiss...»

«Siehst du, dass er kein feiger Kerl war?» sagte ich. «Es hat ihm nicht an Mut gefehlt. Er hatte eher zuviel von etwas anderem...»

«Zuviel von etwas anderem?» rief meine Mutter und starrte auf die Schüssel, die jetzt leer war. «Was meinst du, soll er zuviel gehabt haben? Er war eben kein Mann wie mein Vater!»

Damit stand sie vom Tisch auf und ging in einen dunklen Raum hinter der Küche, vielleicht war es der Dachboden, und es war merkwürdig, wie leicht sie in ihren groben Schuhen auftrat.

15

«Wohin gehst du?» rief ich ihr nach.

Ihre Stimme antwortete erstickt, wie unter einer Staubschicht hervor: «Eine Melone holen!» Ich war sicher, dass dort drin ein toter, niedriger Raum, ein Stück Dachboden war.

Ich wartete, und es war kein Hering mehr auf den Tellern und kein Heringsgeruch in der Küche. Meine Mutter kam mit einer länglichen Melone in der Hand zurück. «Siehst du, wie schön?» sagte sie. «Eine Wintermelone!»

Sie lächelte, und es war wie eine Erscheinung, sie selbst und die Erinnerung an sie, zweimal wirklich mit der Melone in der Hand, so wie dort in der Kindheit, im Bahnwärterhaus.

«Wir hatten auch Wintermelonen», sagte ich.

Und meine Mutter: «Ja. Ich hatte sie immer im Hühnerstall, im Stroh. Jetzt halte ich sie hier auf dem Dachboden. Ich habe ein Dutzend davon.»

«Im Hühnerstall hattest du sie?» sagte ich. «Das war doch ein Geheimnis, wo sie versteckt waren! Wir sind nie darauf gekommen. Es war, als bewahrtest du sie in dir drinnen auf und holtest von Zeit zu Zeit, an einem Sonntag, eine hervor. Du bist verschwunden, so wie jetzt, und mit einer Melone zurückgekommen. Es war ein Geheimnis.»

Und meine Mutter: «Ihr habt wohl überall gesucht?»

Und ich: «Und wie! Wären sie im Hühnerstall gewesen, hätten wir sie bestimmt gefunden.»

Und meine Mutter: «Sie waren aber doch dort. Aber in einem Loch, das ich in den Boden gegraben hatte, mit Stroh zugedeckt.»

«Ach so!» sagte ich. «Und wir dachten, du bewahrtest sie in dir drinnen auf, irgendwie...»

Meine Mutter lächelte.

«Habt ihr mich darum Mamma Melone genannt?» fragte sie.

Und ich: «Haben wir dich Mamma Melone genannt?»

Und meine Mutter: «Oder vielleicht auch Melonenmamma. Erinnerst du dich nicht?»

«Melonenmamma!» rief ich.

Die Melone wurde auf den Tisch gelegt und rollte langsam in meine Richtung, einmal, zweimal, grün in ihrer starken, mit feinen Goldintarsien verzierten Schale. Ich bückte mich, um sie zu beschnuppern.

«Ja, das ist sie», sagte ich.

Und der tiefe Duft kam nicht nur aus ihr; ein

alter Duft, wie von Wein, nach dem einsamen Winter in den Bergen an der einsamen Bahnstrecke, und nach dem kleinen, niedrigen Esszimmer im Bahnwärterhaus.

Ich schaute mich um.

«Sind gar keine Möbel mehr von uns da?» fragte ich.

Und meine Mutter: «Möbel nicht. Das Geschirr und die Kochtöpfe sind von uns, und die Decken, die Wäsche. Die Möbel haben wir bei der Übersiedlung verkauft.»

«Wieso habt ihr euch überhaupt entschlossen, herzuziehen?» fragte ich.

Und meine Mutter: «Ich habe es beschlossen. Das hier ist das Haus meines Vaters, und wir zahlen keine Miete. Er hatte es sich selbst gebaut, lange an Sonntagen. Wo hätten wir denn hin sollen?»

Und ich: «Ich weiss nicht... Aber hier ist es doch so weit von der Bahn! Wie kannst du leben, ohne wenigstens die Strecke zu sehen?»

Und meine Mutter: «Was liegt daran, ob man die Strecke sieht?»

Und ich: «Ich meine... Ohne je einen Zug vorbeifahren zu hören!»

Und meine Mutter: «Was liegt daran, ob man einen Zug vorbeifahren hört?»

Und ich: «Ich dachte, es liegt dir etwas daran... Bist du hinausgegangen und mit dem Fähnchen an der Barriere gestanden, wenn ein Zug durchkam?»

«Ja, wenn ich nicht einen von euch geschickt habe», sagte meine Mutter.

Und ich rief: «Ach, hast du manchmal einen von uns geschickt?»

Doch es lag mir nichts an ihrer Antwort. Ich konnte mich erinnern, dass zwischen mir und dem Zug eine besondere Beziehung bestand, wie ein Zwiegespräch, als redete ich mit ihm, und einen Moment lang war mir, als suchte ich mich an das zu erinnern, was er mir gesagt hatte, als dächte ich an die Welt so, wie ich es in unseren Gesprächen von ihm gelernt hatte.

Ich sagte: «Da war ein Ort, wo wir in der Nähe des Bahnhofs wohnten, Serradifalco, glaube ich... Wir konnten ihn nicht sehen, aber wir konnten die Güterwagen beim Rangieren aneinanderstossen hören...»

Ich erinnerte mich an den Winter, an die grosse Einöde des runden Landes, ohne Bäume, ohne Laub, und die Erde roch winterlich wie eine Melone; und jenes Geräusch.

«Das Geräusch würde ich gerne hören!» sagte ich.

«Jetzt schneide einmal die Melone!» rief meine Mutter.

Ich schnitt in die starke Schale, und das Messer drang sofort ein. Meine Mutter hatte inzwischen Wein und Gläser gebracht. Der Wein war eine armselige Angelegenheit, doch die Melone lag aufgeschnitten mitten auf dem Tisch, und wir tranken den winterlichen Melonenduft.

16

Dann sagte ich: «Na und jetzt?»

«Jetzt?» fragte meine Mutter.

«Ja, jetzt», sagte ich. «Was ist jetzt mit dem Vater passiert?»

Meine Mutter schien wieder beleidigt.

«Wozu darüber reden?» brummte sie. «Mir ist es gleich, mit ihm oder ohne ihn... Und wenn es ihm gleich ist, ohne mich, kümmert mich das nicht.»

«Es ist also wahr, dass er mit einer anderen davongegangen ist?» sagte ich.

Und meine Mutter: «Gegangen? Nichts da, gegangen! Ich habe ihn hinausgeworfen. Das hier ist mein Haus.»

Und ich: «O Signora! War er dir verleidet, und du hast ihn hinausgeworfen?»

Und meine Mutter: «Also schön, ich habe ihn jahrelang ertragen, und jetzt war es zuviel; ich konnte es nicht vertragen, ihn verliebt zu sehen. In seinem Alter!»

«Wieso hat er sich denn überhaupt verliebt?» sagte ich.

Und meine Mutter: «Er war doch immer so mit Frauen. Er musste immer andere Frauen im

Haus haben und sich vor den Frauen wichtig machen. Du weisst ja, er hat Gedichte geschrieben. Die hat er ihnen gewidmet...»

«Das war nichts Schlimmes», sagte ich.

Und meine Mutter: «Das war nicht schlimm? Und dass sie mich von oben herab angeschaut haben, weil er sie in den Gedichten Königinnen genannt hat, das war nicht schlimm?»

«Er hat sie Königinnen genannt?» fragte ich.

Und meine Mutter: «Ja doch. Auch Bienenköniginnen. Dreckige Bahnwärtersfrauen und Lehrerinnen und Stationsvorstehersfrauen... Bienenköniginnen!»

Und ich: «Aber woher wussten sie, dass sie gemeint waren?»

Und meine Mutter: «Also bitte! Wenn eine sieht, dass er ihr schöntut und sie anblickt, wenn bei den Festen auf die Schönste getrunken wird, und dann die Arme nach ihr ausstreckt, wenn er seine Gedichte vorliest - was braucht sie mehr zu wissen?»

Ich lachte. «Ach, die Feste! Die Zusammenkünfte!»

«Er war ein grosser Narr», sagte meine Mutter. «Er konnte es nicht ohne Spektakel aushalten. Alle sechs, sieben Tage musste er um jeden Preis etwas aufziehen. Die Eisenbahner von der ganzen Strecke mitsamt ihren Frauen und Töchtern zusammentrommeln und vor ihnen seine Possen machen. Es gab Zeiten, in denen jeden Abend etwas los war, entweder bei uns oder bei anderen – Tanzen oder Kartenspielen oder ein Stück aufführen. Und er mit leuchtenden Augen im Mittelpunkt des Festes.»

Ich erinnerte mich an meinen Vater mit seinen blauen, leuchtenden Augen im Mittelpunkt meiner Kindheit und Siziliens, in der Einsamkeit der Berge, und ich erinnerte mich auch an meine Mutter, wahrhaftig nicht unglücklich, wie sie die Hausfrau spielte und Wein herumreichte, strahlend, lachend, und ganz und gar nicht unglücklich über ihren Possenreisser von Mann.

«Darin war er gross», fuhr meine Mutter fort. «Er wurde nie müde zu tanzen und liess keine Runde aus. Er tanzte die Platte zu Ende und lief hin, um eine neue aufzulegen, und ergriff eine Dame und tanzte. Er konnte die Quadrille leiten mit einem witzigen Ausspruch zu jeder neuen Tour... Und er konnte Ziehharmonika spielen und Dudelsack auch. Er war der beste Dudelsackspieler im ganzen Gebirge und hatte eine gewaltige Stimme, die ein weites Tal füllte. Ach, er war ein grosser Mann, wie ein

Kriegsheld aus der alten Zeit... Und man konnte sehen, dass er sich zu Pferde wie ein König fühlte. Wenn die Kavalkade auf die Brücke sprengte, mit Laternen und Schellengeläute, und er wie ein König an der Spitze, schrien wir: ‹Hoch! Hoch der Papa!›»

«Von wem sprichst du denn?» fragte ich.

«Ich spreche von meinem Papa, deinem Grossvater», sagte meine Mutter. «Von wem sonst sollte ich sprechen?»

Und ich: «Vom Grossvater sprichst du? Es war der Grossvater, der Grammophon gespielt hat?»

Und meine Mutter: «Nein, das nicht – das war dein Vater. Er hat Grammophon gespielt und Platten aufgelegt. Die ganze Zeit ist er gelaufen, neue Platten auflegen. Und die ganze Zeit hat er getanzt. Er war ein grosser Tänzer, ein galanter Kavalier... Und wenn er mich zum Tanzen holte und im Kreis herumwirbelte, war mir, als wäre ich wieder ein Kind.»

«Mit unserem Vater warst du wieder ein Kind?» fragte ich.

Und meine Mutter: «Herrgott, nein! Ich rede von meinem Papa, deinem Grossvater! Er war so hochgewachsen und so gross und stolz mit seinem blonden und weissen Bart!»

Und ich: «Dann war es also der Grossvater, der tanzte.»

Und meine Mutter: «Dein Vater hat auch getanzt. Zum Grammophon, und all die Weiber, die er mir ins Haus geschleppt hat... Er hat gar zuviel getanzt, am liebsten hätte er jeden Abend getanzt. Und wenn ich einmal nicht zu einer Zusammenkunft gehen wollte, weil es mir zu weit war, sah er mich an, als hätte ich ihm ein Jahr seines Lebens geraubt. Aber wir wollten immer mit, wenn er zu einer Festlichkeit ging...»

«Wer - er?» fragte ich. «Der Vater oder der Grossvater?»

Und meine Mutter: «Der Grossvater, der Grossvater!»

17

So redete und redete meine Mutter vom Grossvater oder vom Vater oder sonst wem, kurz vom Mann, und ich begann zu denken, er müsse eine Art Grosser Lombarde gewesen sein.

Ich erinnerte mich nicht an den Grossvater, ich erinnerte mich nur an seine Hand, die mich hielt, als er mich, ein Kind von drei Jahren oder fünf, durch die Gassen und Treppenwege seines Fleckchens Erde führte. Aber ich konnte ihn mir als eine Art Grossen Lombarden vorstellen - ich meine den grossen, dichtgelockten Mann im Zug mit dem kleinen weissen Bärtchen, der im Zug von seinem Pferd und seinen Weibertöchtern und von anderen Aufgaben gesprochen hatte.

«Ich nehme an, dass er ein Grosser Lombarde war», sagte ich.

Wir waren auch mit der Melone fertig, und meine Mutter stand auf und stellte die Teller zusammen. «Was ist ein Grosser Lombarde?» fragte sie.

Ich zuckte die Achseln. Eigentlich wusste ich nichts zu antworten und sagte: «Ein Mann...»

«Ein Mann?» sagte meine Mutter.

Und ich: «Ein grosser, hochgewachsener Mann... War der Grossvater nicht gross?»

Und meine Mutter: «Er war gross. Nennt man einen hochgewachsenen Mann einen Grossen Lombarden?»

Und ich: «Nein, eigentlich nicht. Nicht wegen der Statur...»

Und meine Mutter: «Warum denkst du, dass er ein Grosser Lombarde war?»

Und ich: «Darum! War der Grossvater nicht blond, mit blauen Augen?»

Und meine Mutter: «Das ist ein Grosser Lombarde? Einer, der blond ist und blaue Augen hat? Dann ist es keine Kunst, ein Grosser Lombarde zu sein!»

«Schön», sagte ich. «Vielleicht ist es keine Kunst, vielleicht doch...»

Meine Mutter hatte sich vor dem Tisch aufgepflanzt und die Arme unter ihren alten Brüsten verschränkt; sie sah mich, in ihre rote Decke gehüllt, ein wenig schielend an.

«Es ist keine Kunst, blond zu sein und blaue Augen zu haben», sagte sie.

«Das schon», sagte ich. «Aber ein Grosser Lombarde muss nicht blond sein.»

Ich dachte an meinen Vater mit seinen

blauen Augen, nicht blond, und dass ich auch an ihn wie an eine Art Grossen Lombarden dachte in Macbeth und allen seinen Tragödien, die er für Eisenbahner und Bahnwärter auf Eisenbahnbrettern aufführte, und sagte: «Er kann auch bloss blaue Augen haben.»

«Nun und?» sagte meine Mutter.

Und ich überlegte, wie der Grosse Lombarde in Wirklichkeit aussah, der Mann im Zug, der von anderen Aufgaben gesprochen hatte, und in meiner Sehnsucht nach ihm schien es mir, er hätte gar keine blauen Augen, er wäre nur ein Mann mit dichtem Haar.

«Schön», sagte ich, «ein Grosser Lombarde hat dichtes Haar. Hatte der Grossvater viel Haar?»

«Viel Haar?» sagte meine Mutter. «Nein, das hatte er nicht. Er hatte einen dichten Bart, weiss und blond. Aber oben auf dem Scheitel hatte er kein Haar mehr. Er war kein Grosser Lombarde!»

«Doch!» sagte ich. «Er war trotzdem ein Grosser Lombarde.»

Und meine Mutter: «Wie konnte er das sein, wenn du sagst, dass ein Grosser Lombarde dichtes Haar hat? Er hatte nicht viel Haar.»

Und ich: «Was spielt das für eine Rolle? Ich

bin sicher, dass der Grossvater ein Grosser Lombarde war. Er muss in einem lombardischen Ort geboren sein.»

«In einem lombardischen Ort?» rief meine Mutter. «Was ist ein lombardischer Ort?»

Und ich: «Ein lombardischer Ort ist ein Ort wie Nicosia. Kennst du Nicosia?»

Und meine Mutter: «Ich habe davon gehört. Dort macht man das Brot mit Haselnüssen darauf... Aber mein Vater war nicht aus Nicosia.»

«Es gibt viele andere lombardische Orte», sagte ich. «Sperlinga, Troina... Alle Orte im Val Demone sind lombardische Orte.»

Und meine Mutter: «Aber er war nicht aus dem Val Demone. Er war kein Grosser Lombarde!»

Und ich: «Auch ausserhalb vom Val Demone gibt es lombardische Orte. Aidone liegt nicht im Val Demone und ist doch ein lombardischer Ort.»

Und meine Mutter: «Ist Aidone ein lombardischer Ort? Ich hatte einmal einen Krug aus Aidone. Aber er war nicht aus Aidone.»

«Woher war er?» fragte ich. «Ich nehme an, aus dem Valle Armerina... Aus dieser Gegend... Auch im Valle Armerina gibt es einen lombardischen Ort.»

«Er war aus Piazza», sagte meine Mutter. «Er war in Piazza geboren und dann hierhergekommen. Ist Piazza Armerina ein lombardischer Ort?»

Ich schwieg einen Augenblick, dachte nach und sagte dann: «Nein, ich glaube nicht, dass Piazza ein lombardischer Ort ist.»

Meine Mutter triumphierte. «Siehst du wohl, dass er kein Grosser Lombarde war!» rief sie.

«Und ich bin sicher, dass er einer war!» rief ich. «Unmöglich, dass er keiner gewesen ist!»

Und meine Mutter: «Aber wenn er doch nicht aus einem lombardischen Ort war!»

Und ich: «Was spielt das für eine Rolle? Auch wenn er in China geboren wäre - ich bin sicher, dass er ein Grosser Lombarde war!»

Jetzt lachte meine Mutter. «Du bist ein Dickschädel», sagte sie. «Warum soll er unbedingt ein Grosser Lombarde gewesen sein?»

Auch ich lachte einen Moment lang. Dann sagte ich: «Nach der Art, wie du von ihm sprichst, muss er einer gewesen sein. Er muss an andere Aufgaben gedacht haben...»

Das sagte ich sehr ernst, voll Sehnsucht nach dem Grossen Lombarden, den ich im Zug kennengelernt hatte, und nach vielen Menschen, die ihm ähnelten, nach meinem Vater in Macbeth und dem Grossvater und dem Mann nach seinem Ebenbild. «Er muss an andere Aufgaben gedacht haben», sagte ich.

«Andere Aufgaben?» sagte meine Mutter.

Und ich: «Hat er nie gesagt, dass unsere heutigen Aufgaben veraltet sind? Dass sie morsch sind, tot, und dass in ihrer Erfüllung keine Befriedigung liegt?»

Meine Mutter war verwirrt. «Ich weiss nicht. Ich glaube nicht», sagte sie.

Und ich: «Hat er nie gesagt, dass es andere Aufgaben braucht? Neue Aufgaben, und nicht mehr die altgewohnten? Hat er das nie gesagt?»

«Ich weiss nicht», sagte meine Mutter. «Ich weiss nicht. Ich habe es ihn nicht sagen hören...»

Jetzt schien es mir wieder gleichgültig zu sein, ob ich hier war, bei meiner Mutter, auf Reisen, oder in meinem Alltagsleben, doch ich fragte, immer noch voll Sehnsucht nach dem Grossen Lombarden: «War er mit sich zufrieden? War er mit sich und der Welt zufrieden, der Grossvater?»

Meine Mutter sah mich an, etwas verwirrt, und setzte zum Sprechen an, doch sie änderte ihre Absicht und sagte nur: «Warum nicht?»

Dann sah sie mich wieder an, und ich antwortete nicht, und sie sah mich an, sie sah mich an und änderte nochmals ihre Absicht und sagte: «Nein, im Grunde war er es nicht.»

«Ach, er war es nicht?» sagte ich.

Und meine Mutter: «Nein, mit der Welt war er nicht zufrieden.»

«Und mit sich ja?» fragte ich. «Mit der Welt war er nicht zufrieden und mit sich ja?»

Und meine Mutter: «Ja, ich glaube, mit sich ja.»

«Er dachte nicht an andere Aufgaben?» sagte ich. «Er war zufrieden?»

Und meine Mutter: «Warum hätte er das nicht sein sollen? Er fühlte sich auf seinem Pferd wie ein König, in der Kavalkade... Und er hatte uns drei schöne Weibertöchter! Warum hätte er nicht zufrieden sein sollen?»

Und ich: «Schön. Vielleicht weisst du nicht, ob er's war oder nicht...»

18

Dann machte sich meine Mutter daran, die Teller zu waschen. Es gab kein fliessendes Wasser, und sie wusch sie in einer irdenen Schüssel mit heissem Wasser und fing beim Waschen gleich zu pfeifen an.

«Hilfst du mir?» fragte sie, als sie den ersten Teller aus dem heissen Wasser zog. Ich stand auf und schickte mich an, ihr zu helfen; sie scheuerte den Teller mit ein wenig Asche, reichte ihn mir und zeigte mir einen Eimer mit kaltem Wasser, in dem sollte ich den Teller spülen und ihn dann abtrocknen. So machten wir mit den Tellern und dem Besteck weiter, und sie pfiff, sie sang.

Ich schaute sie an.

Sie sang, wie gesagt, aber leise, alte Melodien ohne Worte, halb ein Gewinsel, halb ein Pfeifen und hin und wieder ein Trillern; und sie war eine komische Frau mit ihren fünfzig Jahren oder etwas weniger, das Gesicht noch nicht alt, von den Jahren gegerbt, jedoch nicht alt, mit den hellbraunen, fast blonden Haaren, mit der roten Decke um die Schultern, mit Vaters schweren Schuhen an den Füssen. Ich sah ihre Hände, sie waren gross, verarbeitet, knotig, ganz anders als das Gesicht, es konnten auch die Hände eines Mannes sein, der Bäume fällt oder die Erde umgräbt, während ihr Gesicht irgendwie das Gesicht einer Odaliske war. Unsere Frauen! dachte ich, und damit meinte ich nicht die Sizilianerinnen, sondern ganz allgemein die Frauen mit Händen ohne Weichheit für die Nacht und manchmal vielleicht darum unglücklich, darum eifersüchtig und grob, weil sie keine Odaliskenhände haben, wenn auch das Herz und das Gesicht einer Odaliske, und ihre Männer nicht mit den Händen an sich fesseln können. Ich dachte an meinen Vater und an mich, an uns Männer alle mit unserem Bedürfnis, weiche Hände auf uns zu fühlen, und glaubte, etwas von unserer Unrast bei den Frauen zu begreifen; dass wir so leicht bereit waren, ihnen untreu zu werden, unseren Frauen mit den rüden, groben, fast männlichen Händen, die nachts hart sind; und dass wir in Knechtschaft verfielen und eine Frau Königin nannten, die in ihrer Berührung Frau, Odaliske war. Darum, dachte ich, frönte man der Idee von Luxusmenschen und der ganzen bürgerlich-militärischen Gesellschaft mit ihren Hierarchien, Dynastien, Fürsten und Königen, auch im Märchen; um der Idee der Frau willen, die ihre Hände zur Zartheit heranzüchtet. Es genügte, um ihre Existenz zu wissen, sich sagen zu können, dass es solche Frauen gab, und sie jenseits unserer Welt zu erblicken mit ihren Pferden und Wappen und Eunuchen; und darum, dachte ich, liebten wir auch das ganze Gepränge und die grosse Menagerie, sogar noch ihre Männer, und die Posaunen, die Banner, und taten bei dem Spiel mit und wandten den Blick von den Frauen und Mädchen ab, die unseresgleichen waren, um andere zu suchen, ich, mein Vater, jeder Mann, um in anderen etwas anderes zu suchen, ohne uns je bewusst zu werden, dass wir die Berührung zarter Hände suchten. Das dachte ich; und ich dachte: Wir gemeinen Kerle!, während ich die unförmigen Hände meiner Mutter ansah und an ihre Füsse dachte, die in den alten Männerschuhen gleichfalls unförmig waren und die man als unnennbare Teile eines anderen Wesens in ihr ignorieren musste. Doch meine Mutter sang und war ein singender Vogel, Winseln, Pfeifen und dazwischen ein Trillern, und es kam nicht auf ihre Hände und Füsse an und nicht einmal auf ihre Jahre, es kam nur darauf an, dass sie sang, dass sie ein Vogel war, der Muttervogel der Luft und, in ihren Eiern, des Lichtes, sie, die das Licht schenkt.

«Fein», sagte ich. «Auf die Art verbringst du also die Zeit, wenn du allein bist.»

«Auf die Art?» sagte meine Mutter.

«Ja», sagte ich. «Singend.»

Meine Mutter zuckte die Achseln, vielleicht wusste sie gar nicht, dass sie sang. Und ich fügte hinzu: «Macht dir das Alleinsein nichts?»

Sie sah mich leicht schielend an, wie sie es in Augenblicken der Verwirrung tat, dann runzelte sie die Stirn und sagte: «Wenn du glaubst, ich müsste die Gesellschaft deines Vaters vermissen, irrst du dich. Wozu brauche ich ihn denn?»

«Wieso?» sagte ich. «War er keine nette Gesellschaft? Ich nehme an, er hat dir auch abwaschen geholfen?»

Und meine Mutter: «Das heisst noch nicht, dass ich mich ohne ihn allein fühlen muss.»

Und ich: «Er war doch ein feiner Mensch!»

Und meine Mutter: «Oh, das braucht man im Haus nicht, einen feinen Menschen! Das war ja mein Unglück, dass er ein feiner Mensch war...»

Und ich: «Das musst du mir näher erklären.»

Und meine Mutter: «Siehst du, der Grossvater war nicht fein. Er hat die Frauen nicht

Königinnen genannt, er hat keine Gedichte auf sie geschrieben...»

«Wahrscheinlich hatte er nichts für sie übrig», sagte ich.

Und meine Mutter: «Nichts für sie übrig? Er hatte zehnmal mehr für sie übrig als dein Vater! Aber er hatte es nicht nötig, sie Königinnen zu nennen. Wenn ihm eine gefiel, ist er mit ihr in die Schlucht gegangen. Es gibt hier im Dorf viele, die sich noch an ihn erinnern. Und in Piazza auch.»

«Und da beklagst du dich über den Vater?» sagte ich. «Mir scheint, bei deinem Charakter wäre es für dich schlimmer gewesen, mit dem Grossvater verheiratet zu sein, beispielsweise.»

«Schlimmer?» rief meine Mutter. «Wieso schlimmer?»

«Nun», sagte ich, «der Grossvater ist mit ihnen in die Schlucht gegangen, und der Vater hat ihnen Gedichte geschrieben. Mir scheint, diese Abstecher in die Schlucht wären dich härter angekommen als nur so Gedichte.»

Und meine Mutter: «Ganz und gar nicht! Das Schlimme mit deinem Vater waren eben die Gedichte. Ich wäre froh gewesen, wenn er bloss mit ihnen in die Schlucht gegangen wäre!»

Und ich: «Was? Er ist mit ihnen in die Schlucht gegangen und hat ihnen dann noch Gedichte geschrieben?»

Und meine Mutter: «Natürlich! Und sie Königinnen genannt, sie wie Königinnen behandelt! Er war ein feiner Mensch. Und wenn eine einen feinen Namen hatte, zum Beispiel Manon, wurde er offenbar verrückt. Eine lächerliche Geschichte in seinem Alter!»

«Wer hiess Manon?» fragte ich.

Und meine Mutter: «Das war die Kunstreiterin vom Zirkus. Wegen der habe ich ihn hinausgeworfen... Weil sie Manon hiess! Aber er hat sie immer wie Königinnen behandelt. Er war ein feiner Mensch.»

Eine Pause entstand, ich antwortete nicht, und meine Mutter schien zu warten. Also sagte ich: «Er war ein feiner Mensch.»

Und meine Mutter: «Das war das Schlimme. Ich wäre froh gewesen, wenn er bloss mit ihnen in die Schlucht gegangen wäre... Statt dessen kommt er und sagt zu mir: ‹Meine Liebe, wenn du ein junges Mädchen wärest, könntest du Manon heissen.›»

«Und das war so schlimm?» sagte ich.

Und meine Mutter: «Das Schlimme war, dass er sie wie Königinnen behandelte und nicht wie dreckige Kühe. Und dass er ihnen weiss Gott was einredete. Das war eben das Schlimme. Ich konnte sie nicht von oben herab ansehen.»

«Ach!» sagte ich. «Du konntest sie nicht von oben herab ansehen?» Und bei mir dachte ich: So was Komisches von einer Frau!

Und meine Mutter sagte: «Er redete ihnen ein, dass sie weiss Gott was wären, und sie sahen mich an, als ob sie weiss Gott was wären... Sie kamen mir ins Haus, Eisenbahnersfrauen, Bauersfrauen, und waren frech, in aller Seelenruhe, schlugen nicht die Augen nieder, sahen mich an, als ob sie weiss Gott was wären. Und ich konnte sie nicht von oben herab ansehen!»

So was Komisches von einer Frau! dachte ich.

Und meine Mutter sagte: «Das war das Schlimme! Er redete ihnen ein, dass sie viel mehr wären als ich! Und sie sahen mich an, als ob sie viel mehr wären als ich! Weil er sie Königinnen nannte! Er gab ihnen nicht zu verstehen, dass sie dreckige Kühe waren. Und ich konnte sie nicht von oben herab ansehen.»

So redete sie, und ich dachte: So was Komisches von einer Frau! So was Komisches von einer Frau! Und innerlich war ich dem Lachen nahe. Ich wusste, wie wir Männer waren, gemeine Kerle vielleicht, mein Vater, ich selber, aber letzten Endes gerecht in unserer Entzükkung für die Frauen, wenn wir ihnen einredeten, sie wären Gott weiss was, und innerlich war ich dem Lachen nahe.

19

Nun hatte meine Mutter den Besen zur Hand genommen und fegte ringsum aus und war Mutter und Frau in ihrem ganzen Reichtum, und ich dachte, innerlich dem Lachen nahe, auch sie hätte eine von denen sein können, die sie dreckige Kühe nannte, trotz ihren groben Händen, eine heimliche Königin für andere Männer, Bienenkönigin und Quelle der Entzükkung.

Warum nicht? dachte ich.

Zuviel mütterlichen Reichtum hatte sie in sich, um nur eine Gattin gewesen zu sein und sich als klägliches, armes Ding hinter der Entzückung ihres Mannes für andere Frauen verzehrt zu haben. Zuviel alten Honig hatte sie in sich, wie sie sich jetzt in der engen Küche herumbewegte, so hoch gewachsen, mit beinahe blondem Haar, die rote Decke um die Schultern. Zuviel alten Honig hatte sie in sich. Sie konnte kein armes Ding gewesen sein.

Und innerlich dem Lachen nahe, sagte ich: «Du bist eine komische Frau! Hättest du gewollt, dass sie sich selber wie Kühe vorkämen?»

«Das hätte ich gewollt», sagte meine Mutter. «Ich hätte gern über die ganze Geschichte gelacht.»

«Du bist eine komische Frau!» sagte ich. «Hättest du über die Geschichte gelacht?»

Und meine Mutter: «Natürlich! Dann hätte es mir gar nichts ausgemacht. Ich hätte darüber gelacht! Aber er hat sie nicht wie Kühe behandelt...»

Und ich: «Warum hätte er das tun sollen? Sie hatten einen Mann, wie du... Kinder, wie du...»

Und meine Mutter: «Na also! Es hat sie niemand gezwungen, sich wie Kühe aufzuführen.»

Und ich: «Haben sie denn etwas so Dreckiges gemacht? Haben sie nicht dasselbe mit ihm gemacht wie du? Oder haben sie etwas anderes gemacht?»

«Etwas anderes?» rief meine Mutter.

Und einen Augenblick hörte sie zu fegen auf.

«Wieso etwas anderes?» fragte sie. «Natürlich haben sie dasselbe gemacht. Was hätten sie anderes machen können?»

«Na und?» sagte ich. «Sie hatten einen Mann, wie du. Sie hatten Kinder, wie du. Und sie haben nichts Dreckigeres gemacht, als was du mit ihm gemacht hast. Warum hätte er sie wie dreckige Kühe behandeln sollen?»

Und meine Mutter: «Aber er war nicht ihr Mann, er war mein Mann...»

«Und das ist der ganze Unterschied?» sagte ich. Und innerlich lachte ich. Ich sah sie betroffen mitten in der Küche stehen, mit dem Besen in der Hand, aber ohne weiterzufegen, und innerlich lachte ich. «Ich verstehe deine Beweisführung nicht», sagte ich.

Und innerlich lachend beschloss ich, den Schlag zu riskieren. «Ich verstehe deine Beweisführung nicht», sagte ich wieder. Und sagte: «Warst du eine dreckige Kuh, als du dasselbe mit anderen Männern machtest?»

Meine Mutter errötete nicht. Ihre Augen flammten auf, ihr Mund schloss sich hart, ihre ganze Person wurde hart, höher aufgerichtet, in ihrem alten Honig aufgerührt, doch sie errötete nicht.

Und innerlich lachend sagte ich: «Denn ich nehme an, dass du auch einmal mit jemandem in der Schlucht warst...» Es freute mich, sie in ihrem alten Honig aufzurühren, und ich lachte innerlich, ich wurde beredsam.

«Du wirst nicht immer nur in deiner Küche gesessen sein!» sagte ich. «Du wirst schon auch einmal mit jemandem in der Schlucht gewesen sein!»

«Oh!» sagte meine Mutter. Sie stand wie von Stein mitten in der Küche, in ihrem alten Honig erschüttert, aber nicht rot geworden, nicht beschämt. «Oh!» sagte sie und sah mich von oben herab an.

Und sie war mehr als meine Mutter, als sie das sagte, Muttervogel, Mutterbiene, doch ihr alter Honig war zu alt in ihr und beruhigte sich in ihr, er glättete sich listig, und ich war schliesslich ein Sohn von neunundzwanzig Jahren, fast dreissig Jahren, und zur Hälfte meines Ichs ein Fremder für sie, seit fünfzehn Jahren, zur Hälfte meines Ichs ein beliebiger Mann, und so sagte sie, während sie weiterzufegen begann: «Nun, ich denke, wenn ich ein- oder zweimal mit anderen Männern war, ist ihm nur recht geschehen!»

Und ich dachte innerlich lachend: Ach, du alte Kuh!

Ich sagte: «Natürlich ist ihm recht geschehen!»

Dann fragte ich: «Oft? Mit vielen Männern?»

«Oh!» rief meine Mutter. «Was glaubst du? Ich hätte mich für die Männer abgemüht?»

Und ich: «Aber nein! Ich wollte nur wissen, ob es mit einem Mann war oder mit zweien...»

Und meine Mutter: «Mit einem! Mit einem! Denn das andere Mal war ein Irrtum und zählt nicht!»

«Ein Irrtum?» sagte ich. «Wieso ein Irrtum?»

Und meine Mutter: «Das war eine Geschichte mit einem Gevatter, während wir in Messina waren. Nach dem Erdbeben... Letzten Endes war es so im Durcheinander, ich war noch sehr jung, und dann wurde nie mehr davon geredet.»

«Sieh mal an!» sagte ich. «Und mit dem anderen?»

Und meine Mutter: «Ach, mit dem anderen, das war ein Zufall!»

«War das auch ein Gevatter von uns?» fragte ich.

Und meine Mutter: «Nein. Das war einer, den ich nicht kannte.»

«Einer, den du nicht kanntest?» rief ich.

Und meine Mutter: «Was findest du daran so verwunderlich? Du weisst nicht, wie es passiert ist.»

Und ich: «Ich denke mir, er wird dich vergewaltigt haben.»

Und meine Mutter: «Vergewaltigt?»

Ich lachte innerlich über den Ton, in dem

meine Mutter das sagte; und während ich sie beobachtete wie von einem anderen Punkt der Erde und nicht von hier aus, in ihrer eigenen Küche und ihrem Sizilien, fragte ich: «Aber wo war das? Schon in den Bahnwärterhäusern?»

20

«Es war in Acquaviva», sagte meine Mutter.

Jetzt hörte ich ihr von einem anderen Punkt der Erde aus zu und dachte an Acquaviva, ganz fern im Weltraum, eine Einöde im Schlund eines Berges. Dabei sagte ich: «Aber in Acquaviva waren wir schon alle gross. Das war nach dem Krieg.»

«Na und?» sagte meine Mutter. «Hätte ich euch um Erlaubnis fragen sollen, weil ihr gross wart? Du warst elf. Ihr seid in die Schule gegangen und spielen gegangen.»

So war es in jenen Einöden, Acquaviva, San Cataldo, Serradifalco: die Kinder fort, mit einem Güterzug in die Schule gefahren oder beim Spiel in den Rissen des runden Landes, der Mann mit der Schippe bei der Arbeit, die Mutter am Waschtrog oder sonstwie bei der Arbeit, jeder allein mit seinem eigenen Teufel unter dem Himmel jener Einöden.

Es war herrlich, so fern im Weltraum, und meine Mutter sagte, es wäre ein schrecklicher Sommer gewesen. Das bedeutete: kein Tropfen Wasser in sämtlichen Bachbetten auf hundert Kilometer im Umkreis, und vor den Augen nichts als dürres Stoppelland, von der Stelle, wo die Sonne aufging, bis zur Stelle, wo sie unterging. Auf zwanzig, dreissig Kilometer im Umkreis gab es keine Häuser, ausgenommen die Bahnwärterhäuschen längs der Strecke, von der Einsamkeit zu Boden gedrückt. Und dass es ein schrecklicher Sommer war, bedeutete: kein einziger Schatten auf all die Kilometer, die Zikaden in der Sonne zerplatzt, die Schneckenhäuser von der Sonne leergesogen, jedes Ding auf der Erde zu Sonne geworden.

«Es war ein schrecklicher Sommer», sagte meine Mutter.

Sie hatte fertig ausgefegt, sie bewegte sich in der Küche herum, während sie die verschiedenen Gegenstände an ihren Platz stellte, und erzählte nicht, sondern beantwortete meine Fragen.

«War es am Morgen, war es am Nachmittag?» fragte ich.

Und sie: «Ich glaube, es war am Nachmittag. Es gab keine Wespen, es gab keine Fliegen, es gab nichts... Es muss Nachmittag gewesen sein.»

«Und du, was hast du gemacht?» fragte ich.

Und sie: «Ich hatte Brot gebacken...»

Es war also so: Kilometer und Kilometer

weit der Geruch nach in der Sonne krepierten Schlangen, und auf einmal, um ein Haus herum, der Duft von frischgebackenem Brot.

«Ich hatte Brot gebacken», sagte meine Mutter.

«Und dann?» fragte ich.

Und meine Mutter: «Ich war beim Waschen. Wir hatten draussen neben dem Brunnen einen Trog, und es muss Nachmittag gewesen sein, weil der Trog im Schatten lag... Ich habe immer nachmittags gewaschen.»

Es war also Nachmittag und der Duft von frischgebackenem Brot um ein Haus herum, und dort gab es einen Brunnen, es gab Wasser, das mit der Eisenbahn, im Zisternenwagen hingelangt war, eine Frau, die Wäsche wusch.

Doch meine Mutter erzählte nicht, sondern beantwortete meine Fragen, und ich fragte: «Und er?»

«Er war ein Wandersmann», sagte meine Mutter.

«Ein Wandersmann!» rief ich.

«Ja, einer, der zu Fuss reist», sagte meine Mutter.

Und ich: «Kilometer und Kilometer, ohne einen Tropfen Wasser - ohne Dörfer?»

Und meine Mutter: «Ja. Mit einem kleinen

Rucksack, gerade nur ein bisschen Zeug zum Wechseln, in einer Soldatenuniform ohne Sternchen, einen alten Strohhut, wie ihn die Schnitter tragen, auf dem Kopf. Und die Schuhe hatte er ausgezogen, er trug sie zusammengebunden über der Schulter...»

«Kam er von weither?» fragte ich.

Und meine Mutter: «Ich denke wohl... Er hat mir erzählt, dass er durch Pietraperzia, Mazzarino, Butera, Terranova und hundert andere Orte durchgekommen war. Aber es war, als käme er geradewegs von dorther, wo der Krieg geendet hatte. Noch in seiner Soldatenuniform, obzwar ohne Sternchen.»

«Alles zu Fuss?» sagte ich. «Über Terranova, Butera, Mazzarino, Pietraperzia?»

Und meine Mutter: «Ja, zu Fuss... An dem Tag waren es achtundvierzig Stunden her, dass er kein Haus und keine Menschenseele erblickt hatte.»

«Und er hatte seit achtundvierzig Stunden nichts gegessen? Seit achtundvierzig Stunden nichts getrunken?» sagte ich.

Und meine Mutter: «Noch länger. Der letzte Ort, wo er durchgekommen war, war ein Bauernhof, und die Hunde lassen die Landstreicher nicht an die Höfe heran. Das erzählte er mir, und inzwischen hatte er einen Eimer Wasser getrunken.»

Sie schwieg, als hätte sie nichts mehr zu sagen, und ich fragte: «Wollte er nichts als Wasser?»

«Er wollte auch etwas anderes, wenn er es bekommen konnte», sagte meine Mutter. «Er bat nicht darum, aber ich gab ihm einen Laib von dem Brot, das ich vor kaum einer Stunde gebacken hatte, mit Öl und Salz und Origano gewürzt, und er schnupperte in der Luft herum, nach dem Brotgeruch, und sagte: ‹Heiliger Gott!›»

Wieder schwieg meine Mutter, sie erzählte nicht, sondern beantwortete meine Fragen, und ich fragte etwas, ich weiss nicht mehr was, und meine Mutter sagte, der Mann hätte sie angesehen, während er «Heiliger Gott!» sagte und das Brot ass. Und ich fragte wieder etwas, ich weiss nicht mehr was, und meine Mutter sagte, sie hätte begriffen, dass der Mann auch noch nach etwas anderem hungerte und dürstete und nicht darum bat, nur «Heiliger Gott!» sagte, aber dass er noch etwas anderes wollte, wenn er es bekommen könnte. Und ich fragte wieder, ich weiss nicht mehr was, und meine Mutter sagte, sie hätte sich gewünscht, dass der

Mann nach nichts mehr hungern und dürsten müsse, sie hätte sich gewünscht, ihn ganz befriedigt zu sehen; es wäre ihr christlich und barmherzig vorgekommen, auch seinen Hunger und Durst nach etwas anderem zu befriedigen. Und ich dachte: Heilige Kuh! und sagte: «Aber letzten Endes war das auch nur eine einmalige Geschichte!»

«Nein», sagte meine Mutter. «Der Mann kam an anderen Nachmittagen wieder.»

Und ich: «Er war also aus der dortigen Gegend? Er war kein Wandersmann?»

Und meine Mutter: «Er war ein Wandersmann. Er wollte nach Palermo und hatte ganz Sizilien durchwandert.»

Und ich: «Er wollte nach Palermo? Ist er nach Palermo gegangen?»

Und meine Mutter: «Er wollte, aber er kam nicht hin. Er kam bis Bivona, dort fand er Arbeit in einer Schwefelgrube und blieb.»

«In Bivona?» sagte ich. «Aber Bivona ist weit von Acquaviva.»

Und meine Mutter: «Überm Berg drüben. Ungefähr fünfzig Kilometer... Alle Orte sind ungefähr fünfzig Kilometer von Acquaviva entfernt.»

«Nein», sagte ich, «Casteltermini liegt näher

als fünfzig Kilometer. Warum ist er denn nicht in Casteltermini geblieben?»

Und meine Mutter: «Vielleicht gab es in Casteltermini keine Arbeit. Oder vielleicht wollte er nach Palermo weiter und kam nach Bivona und hat sich dort anders entschlossen.»

«Und er hat fünfzig Kilometer zu Fuss gemacht, um dich zu besuchen?» sagte ich.

Und meine Mutter: «Fünfzig hin und fünfzig zurück. Er war ein Wandersmann. Am siebenten Tag nach jenem Nachmittag ist er wieder aufgetaucht.»

«Ist er oft wieder aufgetaucht?» fragte ich.

Und meine Mutter: «Zu verschiedenen Malen. Er brachte mir kleine Geschenke. Einmal brachte er mir eine frische Honigwabe, das ganze Haus hat danach geduftet.»

«Oh!» rief ich und fragte: «Wieso ist er dann nicht mehr aufgetaucht?»

«Das war so», sagte meine Mutter. Doch anstatt fortzufahren, sah sie mich an und fragte: «Du fragst mich nicht, ob er ein Grosser Lombarde war?»

«Oh!» rief ich. «Warum? Was hat das damit zu tun?»

«Ich glaube, er war einer», sagte meine Mutter. «Ich glaube, er dachte an andere Aufgaben.

Ist ein Grosser Lombarde nicht einer, der an andere Aufgaben denkt?»

«Er dachte an andere Aufgaben?» rief ich. «Er? Der Wandersmann?»

«Ja», sagte meine Mutter. «Gegen den Winter zu war ein Streik in den Schwefelgruben, und die Bauern rebellierten auch. Es fuhren Züge durch, vollbeladen mit Gendarmen...»

Jetzt erzählte meine Mutter, ich brauchte sie nicht mehr auszufragen. «Die Eisenbahner streikten nicht», sagte sie. «Es fuhren Züge durch, vollbeladen mit Gendarmen. Und in Bivona gab es über hundert Tote. Nicht von den Gendarmen. Von den anderen.»

«Und du glaubst, dass er unter den Toten war?» fragte ich.

«Ja, das glaube ich», sagte meine Mutter. «Warum wäre er sonst nicht mehr aufgetaucht?»

«Ah!» sagte ich. Ich sah meine Mutter an und sah, dass sie in der Küche nichts mehr zu tun hatte und dass sie ruhig war, still, und mit der Hand ihr Kleid über den Beinen glättete, und wieder dachte ich: Heilige Kuh!

Dritter Teil

21

Aus dem Nachmittag draussen kam ein klagendes Blöken, und es liess nicht nach, stieg an, wurde zu Musik: es waren Dudelsäcke.

«Jetzt beginnt die Zeit der Novenen», sagte meine Mutter. Dann fügte sie hinzu: «Ich muss mich auf meinen Rundgang machen.» Und sie setzte sich auf einen Stuhl, um die Schuhe zu wechseln, sie zog die Männerstiefel aus und schlüpfte in ein Paar Damenhalbschuhe, die unter dem Tisch standen.

«Dein Rundgang? Was für ein Rundgang?» fragte ich.

«Ich nehme dich mit», sagte meine Mutter.

Sie erhob sich, die Halbschuhe an den Füssen, und war grösser und wogender; aus der Schlafkammer, wo sie sich zum Ausgehen umzog, sprach sie mitten durch die Dudelsackmusik mit mir. Sie sagte, sie hätte sich darauf verlegt, Injektionen zu machen. Sie setze voraus, sagte sie, dass sie von meinem Vater nichts erwarten könne, und hätte sich darauf verlegt, Injektionen zu machen, um ihr Brot zu verdienen.

In einem schwarzen Mantel und mit einer

grossen Tasche am Arm, ähnlich einer Hebammentasche, führte sie mich in die kalte Sonne hinaus, und die Reise nach Sizilien nahm ihren Fortgang.

22

Wir gingen hinter dem Haus eine abfallende Gasse zwischen Gartenmauern hinunter, kamen zu einer Tür und klopften an. Die Tür öffnete sich.

Drinnen war es finster, und ich sah nicht, wer uns aufgemacht hatte. Es gab kein Fenster; es gab nur oben in der Tür eine Luke mit einer rauchgeschwärzten Scheibe, und ich sah nichts, ich sah nicht einmal mehr meine Mutter.

Ich hörte sie jedoch sprechen.

«Ich habe meinen Sohn mit», sagte sie.

Dann fragte sie: «Wie geht's Eurem Mann?»

«Wie immer, Concezione», antwortete eine Frauenstimme.

Und sie rief aus: «Was für einen grossen Sohn Ihr habt!»

Aus dem Hintergrund sagte eine Männerstimme: «Ich bin hier im Bett, Concezione.»

Es war eine unterirdische Stimme. Sie sagte noch: «Das ist Euer Sohn?»

«Ja, das ist Silvestro», sagte meine Mutter.

Sie sprachen fern von mir, alle drei Stimmen, sie waren unsichtbare Wesen. Auch über mich sprachen sie.

«Ihr habt ihn so gross gemacht, wie Ihr selber seid!» sagte die Frauenstimme.

Sie sahen mich und waren unsichtbar; sie waren wie Geister. Und wie ein Geist machte auch meine Mutter die Injektion, in völliger Finsternis, und sprach dabei von Äther und Nadel.

«Ihr müsst essen», sagte sie. «Je mehr Ihr esst, desto rascher werdet Ihr gesund. Was habt Ihr heut gegessen?»

«Ich habe eine Zwiebel gegessen», erwiderte die Stimme des Mannes.

«Es war eine gute Zwiebel», sagte die Stimme der Frau. «Ich habe sie ihm in der Asche gebraten.»

«Gut», sagte meine Mutter. «Ihr solltet ihm auch ein Ei geben.»

«Sonntag habe ich ihm eines gegeben», sagte die Stimme der Frau.

Und meine Mutter sagte: «Gut.»

Aus der Tiefe der Finsternis rief sie mir zu: «Jetzt gehen wir, Silvestro.»

Ich streichelte warmes Ziegenfell vor mir. Ich hatte auf dem holprigen Fussboden aus nacktem Lehm ein paar Schritte vorwärts getan, und meine tastenden Hände waren auf das warme Fell gestossen. Nun stand ich in der kalten Finsternis und wärmte mir die Hände in dem lebendigen Fell.

«Jetzt gehen wir», wiederholte meine Mutter.

Doch die Stimme des Mannes im Hintergrund hielt sie noch einen Augenblick zurück.

«Wie viele Injektionen muss ich noch bekommen?» fragte er.

«Je mehr Ihr bekommt, desto eher werdet Ihr gesund», antwortete meine Mutter.

«Ich habe doch immer noch fünf», sagte die Stimme.

Und die Stimme seiner Frau fragte: «Glaubt Ihr, dass er nach diesen fünf gesund sein wird?»

«Alles ist möglich», antwortete meine Mutter.

Dann öffnete sich die Tür, und meine Mutter mit ihrer Hebammentasche am Arm wurde auf der Schwelle sichtbar.

Wir traten hinaus und gingen wieder zwischen Gartenmauern, zum nächsten Haus auf dem Rundgang meiner Mutter, wir bogen in eine Gasse ein, die unterhalb der ersten bergab führte. Gegenüber lag, jenseits der Weite des Tals, der verschneite, struppige Berg; auf der einen Seite standen in ihren Obstgärtchen kleine Häuser, die sich gegen den Himmel und das ferne Gebirge abhoben; auf der anderen sah man in der gleissenden, aber schon erlöschenden Sonne die Eingänge von Wohnstätten, die unterhalb der höherliegenden Hütten und Gärtchen in den Fels gehöhlt waren. Die Gärtchen waren winzig, weiter oben erschienen sie zwischen den Dächern wie Gefässe voll Grünzeug; und auf der Gasse lungerten Ziegen träge in der Sonne; in der kalten Luft vermengte sich Dudelsackmusik mit dem Gebimmel von Ziegenglocken. Es war ein kleines Sizilien, zusammengehäuft aus Mispelbäumen und Dachziegeln, Felshöhlen, schwarzer Erde und Dudelsackmusik, die hinter uns entschwebte und oben in der Höhe zu Wolke oder Schnee wurde.

Ich fragte meine Mutter: «Was fehlt dem Mann?»

«Dasselbe wie den anderen», antwortete meine Mutter. «Manche haben ein bisschen Malaria; manche haben ein bisschen Schwindsucht.»

23

Wir waren kaum eine oder zwei Minuten gegangen, da klopfte meine Mutter an eine andere Tür, und ich befand mich wieder in der Finsternis, auf einem Fussboden aus holpriger, nackter Erde, im Geruch eines toten Ziehbrunnens.

«Ich habe meinen Sohn mit», sagte meine Mutter wieder.

Und wieder hörte ich Leute, die ich nicht sah, von mir reden und unterschied unter den Stimmen auch ein helles Kleinkinderstimmchen.

Meine Mutter sagte: «Habt ihr die Ampullen?»

«Ja, die haben wir», antwortete eine Männerstimme.

Andere Stimmen sprachen durcheinander.

«Mach Feuer, Teresa.»

«Nimm Stroh.»

Und die Männerstimme sprach gleichzeitig mit der Kinderstimme. Es war die Stimme eines Mannes, der sein ein- oder zweijähriges Kind auf dem Arm hielt. Meine Mutter sagte noch einiges, was die Injektion betraf, und der Mann antwortete, machte Geräusche, öffnete eine Schublade, mit dem hohen Stimmchen des Kindes auf seinem Arm.

Dann leuchtete in der tiefen Dunkelheit des Brunnenschachts das Licht eines Streichhölzchens auf, ich sah die Hände meiner Mutter, und als der Augenblick des Lichts auf ihren Händen vorbei war, hörte ich ihre Stimme fragen: «Nun?»

Zwei- oder dreimal fragte sie: «Nun?»

«Wie geht's?» fragte sie.

Und die Stimme des Mannes sagte gleichzeitig mit der ihren ganz laut: «Concezione fragt, wie es geht.»

«Eh?» lautete die Antwort.

Und meine Mutter fragte: «Was habt Ihr ihr zu essen gegeben?»

«Heut abend werden wir ihr Zichorie geben», erwiderte die Stimme, die dem Mann gehörte.

Dann kam die Frage, wie viele Injektionen man noch machen müsse, und wir verliessen diese Geister, wir gingen. Meine Mutter sagte, es wäre ein Glück, dass die Frau krank sei und nicht der Mann, denn wenn die Frau krank wäre, hätte das nichts zu bedeuten, wenn aber der Mann krank wäre, dann gute Nacht...

«Wieso gute Nacht?» sagte ich.

«Dann haben sie nichts mehr zu essen, im Sommer wie im Winter», sagte meine Mutter.

Und sie sagte, im allgemeinen wüssten sich die Frauen nicht zu helfen, wenn der Mann erkrankte; sie wären nicht einmal fähig, ins Tal zu gehen, um ein bisschen Zichorie zu pflücken oder im Gestrüpp Schnecken zu suchen; sie wüssten nichts anzufangen, als sich mit dem Mann zusammen ins Bett zu legen.

24

Die Dudelsackmusik war fern auf der Höhe des Dorfes, gänzlich Wolke oder Schnee, und aus der Tiefe der Schlucht stieg jetzt das Getöse des Sturzbachs auf.

Wir traten in eine Finsternis, in der man erstickte. Finsternis und Rauch, doch die Stimmen der Unsichtbaren sprachen so ruhig wie in den anderen Häusern. Auch die Stimme meiner Mutter sprach unbeeinträchtigt vom Rauch.

«Ich habe meinen Sohn mit», sagte sie.

Sie führte die gleichen Reden wie anderswo; sie sprach von mir, dann von den Ampullen, von der Nadel, und einen Augenblick lang beleuchtete eine Streichholzflamme ihre Hände. Als der Augenblick des Lichts vorbei war, fragte sie: «Nun, wie geht's?»

Die Antwort lautete: «Wer weiss!»

Und meine Mutter fragte: «Was habt Ihr ihr zu essen gegeben?»

«Jetzt werden wir essen», war die Antwort.

«Wir sind am Kochen», war eine andere.

Es waren viele Stimmen.

So gingen wir wieder, und meine Mutter sagte das genaue Gegenteil wie vorhin. Sie

gute Nacht... Und das andere Mal sagte sie, wenn die Frau krank wäre, dann gute Nacht...

Ausserdem sagte sie: «Manche haben ein bisschen Schwindsucht, manche haben ein bisschen Malaria.»

Und das eine Mal sagte sie, es wäre besser, ein bisschen Malaria zu haben als ein bisschen Schwindsucht; und das andere Mal sagte sie, es wäre besser, ein bisschen Schwindsucht zu haben als ein bisschen Malaria.

Sie sagte: «Bei der Malaria muss man wegen der Medizin nicht nach Enna fahren.»

Sie erzählte mir, es wäre ein Unglück, dass man nach Enna müsste, um die Medizin gegen die Schwindsucht aus der Armenapotheke zu holen; man müsste die lange Reise machen, zweiunddreissig Lire dafür bezahlen und riskierte noch, dass sie einen ins Spital steckten. Die Leute, erzählte sie, fuhren das erste Mal nach Enna, dann wollten sie nicht mehr hin. Sie konnten nicht mehr hin.

«Bei der Malaria hingegen bekommt man die Medizin von der Gemeinde», sagte sie.

Jedoch das nächste Mal sagte sie: «Bei der Schwindsucht braucht man bloss nach Enna zu fahren, dort bekommt man alles, was man will.»

Sie erzählte, es wäre ein Unglück, dass man hinsichtlich der Malaria-Medizin auf die Gemeinde angewiesen sei. Die Gemeinde war arm, sie hatte nicht viel von der Medizin und gab einem niemals mehr als eine Schachtel. Wie sollte man von einer Schachtel gesund werden?

«Bei der Schwindsucht hingegen bekommt man die Medizin von der Armenapotheke in Enna», sagte sie.

«Die ist reich, die ist gross, die gehört der Regierung», sagte sie.

Und jedesmal sagte sie das Gegenteil vom vorigen Mal.

25

Wir betraten, jetzt schon ganz nahe am Tosen des Sturzbachs, ein Haus, in dem es hell war.

Es war keine in den Felsen gehöhlte Wohnstätte, sondern ein steinernes Haus, das in seinem Obstgarten am Strassenrand stand. Auf der hinteren Seite hatte es ein Fenster, und durch dieses Fenster fiel ein wenig Licht.

«Guten Abend, ich habe meinen Sohn mit», sagte meine Mutter beim Eintreten.

Sie wurde nicht unsichtbar, und ich sah die Leute, ich sah in ihnen alle Leute, die ich bisher nicht gesehen hatte. Ich sah den Kranken im Bett, einen Mann mit geschlossenen Augen in dem vom Bart unsauberen Gesicht; und ich sah fünf oder sechs Frauen, wie Nonnen, die zu Füssen des Bettes rings um einen auf dem Boden stehenden Eimer sassen.

Wie gewöhnlich sprach meine Mutter zuerst von mir.

«Ich habe meinen Sohn mit», sagte sie.

Und ich sah, wie sie es sagte, ich sah, wie ich bei diesen Worten von den anderen angeschaut wurde.

«Einen grossen Sohn habt Ihr!» sagte eine.

«Meine sind alle gross, und der da ist der Grösste», sagte meine Mutter.

Und die Frau fragte: «Woher ist er denn gekommen?»

Sie sprachen wie gewöhnlich von mir, meine Mutter und die Frauen, und ich sah, dass der Eimer mit schwarzen Schnecken gefüllt war und dass sie eine Schnecke nach der anderen herausnahmen und aussaugten. Es waren junge und alte Frauen, dunkel gekleidet, und wenn sie ein Gehäuse ausgesaugt hatten, warfen sie es in den Eimer zurück.

«Guten Appetit!» sagte meine Mutter.

Darauf begann sie von den Ampullen zu sprechen, von Nadel und Äther, öffnete ihre Tasche, drehte den Kranken um und machte ihm die Injektion.

Ich sah, dass der Kranke auf dem Bauch liegenblieb.

«Nun?» fragte ihn meine Mutter.

Es kam keine Antwort, und wieder fragte meine Mutter: «Nun?»

Eine alte Frau antwortete: «Es nützt nichts... Er redet nicht.»

«Er redet nicht?» rief meine Mutter.

«Er redet nicht», antwortete eine andere Frau.

Die fünf Frauen saugten, zu Füssen des Bettes sitzend, und die Älteste sagte laut: «Gaetano, sprich! Concezione ist da.»

Der Kranke wälzte sich langsam auf die Seite, antwortete aber nicht. Und die älteste Frau wandte sich zu meiner Mutter: «Seht Ihr? Er will nicht reden», sagte sie.

Meine Mutter neigte sich über den Kranken, ich sah, dass sie ihm eine Hand auf die Schulter legte.

«Was sind das für Geschichten, Gaetano!» sagte sie. «Ihr wollt nicht reden?»

Langsam wälzte sich der Kranke von der Seite auf den Rücken und liess sein Gesicht sehen, doch er antwortete wieder nicht. Auch hatte er noch nicht die Augen aufgemacht.

«Es nützt nichts, Concezione», sagte die älteste Frau. «Er will nicht reden. Seit gestern redet er überhaupt nicht.»

Meine Mutter fragte: «Hat er gegessen?»

Die Frauen zeigten auf den Eimer, und die Älteste antwortete: «Ja, er hat gegessen.»

Da redete der Kranke überraschend. Er stiess ein Schimpfwort aus.

Ich schaute ihn an und sah, dass er die Augen aufgemacht hatte. Er hielt sie starr auf mich gerichtet; er erforschte mich, und ich erforschte ihn in seinen Augen; und einen Moment lang war es, als wären wir allein, von Mensch zu Mensch, sogar ohne den zufälligen Umstand seiner Krankheit. Ich sah auch nicht die Farbe seiner Augen, ich sah darin nur die Menschheit, die sie verkörperten.

«Woher kommt Ihr?» sagte er.

«Ich bin der Sohn von Concezione», sagte ich.

Der Mann schloss aufs neue die Augen, und meine Mutter sagte zu den Frauen: «Ihr solltet ihn bei fröhlicher Laune erhalten.»

Und dann zu mir: «Gehen wir, Silvestro.»

26

Ich war einige Zeit vorher sehr krank gewesen, monatelang, und kannte den Abgrund des Krankseins, das abgründige Elend des Krankseins im Elend der Arbeitermenschheit, besonders wenn man schon seit zwanzig Tagen oder dreissig im Bett liegt und immer noch dort liegt, zwischen vier Wänden, wir und das Baumwollzeug des Bettes, das Blechzeug der Küche, das Holz der Stühle, des Tisches, des Schrankes.

Dann gibt es nichts anderes mehr auf der Welt, und man schaut all die Sachen an, die Möbel, doch man kann nichts damit anfangen, man kann aus dem Stuhl oder dem Schrank keine Suppe kochen. Dabei ist der Schrank so gross, man hätte einen Monat lang daran zu essen. Und man sieht die Sachen an, als ob sie essbar wären; und vielleicht ist das der Grund, warum die Kinder gefährlich werden und zertrümmern, zertrümmern...

Das Kleinste hat den ganzen Tag den Fuss von einem Stuhl im Mund und brüllt, wenn die Mutter es ihm wegzunehmen versucht. Sie, die Mutter oder die Gattin, also jedenfalls die

Frau, sieht die Bücher an, und immer wieder nimmt sie eines zur Hand und beginnt zu lesen. Stunden verbringt sie damit, zu blättern und zu lesen.

Und der Kranke fragt: «Was liest du?»

Die Frau weiss nicht, was sie liest, aber ein Buch kann so manches sein, ein Wörterbuch oder eine alte Grammatik.

Der Kranke sagt also: «Ausgerechnet jetzt willst du dich bilden?»

Und die Frau stellt das Buch zurück, aber dann kommt sie wieder und sieht sich die Reihe an, lauter Bücher, nichts Essbares, und wieder nimmt sie eines, aber diesmal geht sie aus dem Haus, bleibt den halben Nachmittag fort.

«Für wieviel hast du's verkauft?» fragt dann der Kranke.

Die Frau sagt, sie hätte es für eine Lira fünfzig verkauft, und der Kranke ist unzufrieden, er erfasst die Situation überhaupt nicht recht, das Fieber bleibt ihm unbeirrbar zur Seite in dem Tage und Tage alten Bett. Er möchte doch etwas von diesem Buch haben, das ihm gehörte, als er ein Knabe war, er erhofft sich ein bisschen Suppe, und schliesslich schreit er die Frau an, die statt dessen Brot und Käse für sich und die Kinder gekauft hat.

«Geier!» sagt er von den Kindern.

Die Kinder bekommen in der Schule täglich einen Teller Suppe. Das ist eine löbliche Massnahme, dass man den Kindern von Leuten, die am Verhungern sind, in der Schule täglich einen Teller Suppe gibt. Aber es scheint nur den Appetit anzuregen. Nach diesem Löffel Suppe kommen die Kinder heisshungrig nach Hause und lassen nicht vernünftig mit sich reden, sie wollen essen, um jeden Preis, und sind wie reissende Tiere, sie verschlingen die Stuhlbeine und möchten am liebsten Vater und Mutter verschlingen. Wenn sie den Kranken eines Tages allein fänden, würden sie ihn verschlingen. Auf dem Nachttisch, neben dem Kopfkissen des Kranken, stehen die Medikamente. Die Kinder kommen aus der Schule, heisshungrig, scharf, mit geschärftem Hunger, und nähern sich dem Kranken, sie möchten ihn am liebsten auffressen, sie schleichen sich wie Wölfe heran... Doch die Mutter ist zu Hause, und die Kinder lassen von dem Kranken ab, sie stürzen sich auf die Medikamente.

«Geier!» sagt der Kranke.

Inzwischen hat der Gasmann das Gas abgesperrt, der Mann vom Elektrizitätswerk hat das Licht abgesperrt, man verbringt die langen

Abende im Dunkeln, im Zimmer des Kranken. Nur das Wasser ist nicht abgesperrt; der Mann vom Wasserwerk kommt alle sechs Monate, so besteht keine unmittelbare Gefahr, dass er erscheint und das Wasser absperrt, und man trinkt, man trinkt, man trinkt mehr Wasser, als in einen hineingeht, auf alle mögliche Art gekocht oder auch ungekocht.

Doch die Vermieterin kommt jeden Tag, sie möchte den «Herrn Patienten» sehen, sie will ihn von Angesicht zu Angesicht sehen, und wenn sie ins Zimmer tritt und ihn sieht, sagt sie: «Ja, Herr Patient, keine Miete zahlen und im Bett liegen, das ist zuviel Luxus... Schicken Sie mir wenigstens Ihre Frau zum Geschirrwaschen.»

Und die Frau geht zur Vermieterin, Geschirr waschen, Fussböden waschen, Wäsche waschen, alles auf Rechnung der unbezahlten Miete; und der Kranke bleibt stundenlang allein mit dem unbeirrbaren Fieber zur Seite, das ihn ins Gesicht schlägt, ihn schlägt, ihn schlägt, auf ihn einschlägt, als nützte es seine Verlassenheit aus.

Die Frau kommt zurück, und der Kranke fragt, ob sie nichts von der Vermieterin mitgebracht hätte.

«Nichts», sagt die Frau.

Sie bringt nie etwas mit.

«Warum gehst du nicht wenigstens wildes Grünzeug pflücken?» fragt er.

Und die Frau sagt: «Wo?»

Sie geht durch die Strassen und kommt in den Park; da wächst Gras auf den Rasenflächen, die Bäume sind grün, das ist Grünzeug, und sie reisst Gras ab, reisst Tannen- und Pinienzweige ab; dann geht sie auch in die Anlagen und reisst Blumen ab und kehrt mit Grünzeug nach Hause zurück, Laub und Blumen unter dem Mantel versteckt. Das alles schüttet sie über den Kranken, und er ist ein Mensch unter Blumen.

«Da», sagt die Frau. «Grünzeug!»

27

Ich kannte das, und mehr als das, ich konnte das Elend eines Kranken aus der Arbeitermenschheit und der Seinen um ihn herum verstehen. Und kennt es nicht jeder Mensch? Kann es nicht jeder Mensch verstehen? Jeder Mensch ist einmal mitten in seinem Leben krank und kennt den Schmerz, den Fremdling, der sich in ihm breitmacht, und die Ohnmacht diesem Fremden gegenüber. Er kann seinen Nächsten verstehen.

Aber vielleicht ist nicht jeder Mensch ein Mensch, und nicht das ganze menschliche Geschlecht menschlich. Das ist ein Zweifel, der einem im Regen kommt, wenn man zerrissene Schuhe hat, Wasser in den zerrissenen Schuhen und niemanden mehr, der einem besonders am Herzen läge, kein eigenes, besonderes Leben mehr, nichts mehr, was getan ist, und nichts zu tun, aber auch nichts zu fürchten, nichts mehr zu verlieren, und über sich selbst hinaus die Metzeleien der Welt sieht. Ein Mensch lacht, und der andere weint. Alle beide sind Menschen. Auch der, der lacht, ist einmal krank gewesen, ist krank; trotzdem lacht er, *weil* der andere weint. Er kann niedermetzeln, verfolgen; und einer in der Nichthoffnung, der ihn sieht, wie er über seinen Zeitungen und Zeitungsschlagzeilen lacht, geht nicht mit ihm, der lacht, sondern weint höchstens still mit dem anderen, der weint. So ist denn nicht jeder Mensch ein Mensch. Einer verfolgt, und einer wird verfolgt; und menschlich ist nicht das ganze menschliche Geschlecht, sondern nur dasjenige des Verfolgten. Tötet einen Menschen; er wird um so mehr Mensch sein. Und so ist auch ein Kranker, ein Hungernder, um so mehr Mensch; und menschlicher ist das menschliche Geschlecht der Verhungerten.

Ich fragte meine Mutter: «Was denkst du von ihnen?»

«Von wem?» sagte meine Mutter.

Und ich: «Von allen, denen du Injektionen machst.»

Und meine Mutter: «Ich denke, dass sie mir vielleicht nichts werden zahlen können.»

«Schon gut», sagte ich. «Und trotzdem gehst du täglich zu ihnen, machst ihnen ihre Injektion und hoffst, dass sie dir irgendwie doch etwas zahlen werden. Aber was denkst du von ihnen? Was, denkst du, sind sie?»

«Ich hoffe gar nicht», sagte meine Mutter.

«Ich weiss, dass manche mir zahlen können und manche nicht. Ich hoffe nicht.»

«Trotzdem gehst du zu allen», sagte ich. «Aber was denkst du von ihnen?»

«Oh!» rief meine Mutter. «Wenn ich zu dem einen gehe, kann ich auch zum anderen gehen. Das kostet mich nichts.»

«Aber was denkst du von ihnen? Was, denkst du, sind sie?» sagte ich.

Meine Mutter blieb mitten auf der Strasse stehen und warf mir einen leicht schielenden Blick zu. Sie lächelte und sagte: «Was für sonderbare Fragen du stellst! Was soll ich von ihnen denken? Es sind arme Leute mit ein bisschen Schwindsucht oder ein bisschen Malaria...»

Ich schüttelte den Kopf. Ich stellte sonderbare Fragen, das konnte meine Mutter merken, und trotzdem gab sie mir keine sonderbaren Antworten. Das aber wollte ich, sonderbare Antworten. Ich fragte: «Hast du je einen Chinesen gesehen?»

«Freilich», sagte meine Mutter. «Ich habe zwei oder drei gesehen. Sie hausieren mit Halsketten.»

«Schön», sagte ich. «Wenn jetzt ein Chinese vor dir steht, und du siehst, dass er keinen Mantel hat, im Winter, und zerrissene Kleider und durchlöcherte Schuhe trägt, was denkst du dann von ihm?»

«Ach - nichts Besonderes», antwortete meine Mutter. «Ich sehe genug andere Leute, hier bei uns, die keinen Mantel für den Winter und zerrissene Kleider und durchlöcherte Schuhe haben.»

«Schön», sagte ich. «Aber er ist ein Chinese, er versteht unsere Sprache nicht und kann mit niemandem reden, er kann nie lachen, er wandert unter uns herum mit seinen Halsketten und Krawatten und Gürteln, und hat kein Brot, kein Geld, und verkauft nie etwas, er hat keine Hoffnung mehr. Was denkst du, wenn du ihn siehst, so einen armen, hoffnungslosen Chinesen?»

«Ach», erwiderte meine Mutter, «da sehe ich viele andere, denen es so geht, hier bei uns... Arme hoffnungslose Sizilianer.»

«Ich weiss», sagte ich. «Aber er ist ein Chinese. Er hat ein gelbes Gesicht, Schlitzaugen, eine platte Nase, vorstehende Backenknochen und stinkt vielleicht. Er ist hoffnungsloser als alle anderen. Er kann gar nichts haben. Was denkst du von ihm?»

«Ach», antwortete meine Mutter, «viele andere, die keine armen Chinesen sind, haben ein gelbes Gesicht und Schlitzaugen und stinken vielleicht. Es sind keine armen Chinesen, es sind arme Sizilianer, und trotzdem können sie nichts haben.»

«Aber schau», sagte ich, «er ist ein armer Chinese, in Sizilien, nicht in China, er kann nicht einmal mit einer Frau über das Wetter reden. Hingegen kann ein armer Sizilianer...»

«Warum kann ein armer Chinese nicht?» fragte meine Mutter.

«Nun», sagte ich, «ich nehme an, eine Frau würde einem armen Wandersmann, der kein Sizilianer, sondern ein Chinese ist, nichts geben.»

Meine Mutter machte ein finsteres Gesicht.

«Das weiss ich nicht», sagte sie.

«Siehst du?» rief ich. «Ein armer Chinese ist ärmer als alle anderen. Was denkst du von ihm?»

Meine Mutter war ärgerlich.

«Zum Teufel mit dem Chinesen», sagte sie.

Und ich rief: «Siehst du? Er ist der Ärmste der Armen, und du schickst ihn zum Teufel. Und wenn du ihn zum Teufel geschickt hast und ihn dir vorstellst, so arm und verlassen auf der Welt, hoffnungslos und zum Teufel geschickt - scheint er dir nicht um so mehr Mensch zu sein, menschlicher als alle anderen?»

Meine Mutter sah mich noch immer ärgerlich an.

«Der Chinese?» sagte sie.

«Der Chinese», sagte ich. «Oder auch der arme Sizilianer, der krank im Bett liegt, wie die, denen du die Injektion machst. Ist so einer nicht um so mehr Mensch und um so menschlicher?»

«So einer?» sagte meine Mutter.

«So einer», sagte ich.

Und meine Mutter fragte: «Mehr als wer?»

Ich antwortete: «Mehr als die anderen. Einer, der krank ist. Er leidet.»

«Er leidet?» rief meine Mutter. «Das ist die Krankheit.»

«Bloss die Krankheit?» sagte ich.

«Befreie ihn von der Krankheit, und alles ist vorbei», sagte meine Mutter. «Das ist nichts. Das ist die Krankheit.»

Da fragte ich: «Und wenn er hungert und leidet, was ist das?»

«Schön, das ist der Hunger», antwortete meine Mutter.

«Bloss der Hunger?» sagte ich.

«Warum denn nicht?» sagte meine Mutter. «Gib ihm zu essen, und alles ist vorbei. Das ist der Hunger.»

Ich schüttelte den Kopf. Ich konnte von meiner Mutter keine sonderbaren Antworten herausbekommen. Trotzdem fragte ich noch: «Und der Chinese?»

Jetzt gab mir meine Mutter keine Antwort mehr, weder sonderbar noch nicht sonderbar; sie zuckte die Achseln. Natürlich hatte sie recht: Befreit den Kranken von der Krankheit, und er wird nicht mehr leiden; gebt dem Hungrigen zu essen, und er wird nicht mehr leiden. Aber der Mensch in der Krankheit - was ist der? Und was ist er im Hunger?

Ist der Hunger nicht alles Leid der Welt, zu Hunger geworden? Ist der Mensch im Hunger nicht um so mehr Mensch? Ist er nicht menschlicher? Und der Chinese?

28

Nun gingen wir nicht mehr den Häuserberg hinunter, wir stiegen vom Talgrund aus einen anderen Abhang hinauf, der Sonne entgegen und der Dudelsackmusik wie Wolke oder wie Schnee in der Höhe.

«Bist du je krank gewesen?» fragte ich meine Mutter.

«Einmal», antwortete meine Mutter.

«Was war es?» fragte ich.

«Ich weiss nicht», sagte meine Mutter. «Ich wollte den Doktor nicht und weiss nicht, was es war. Ich bin von selbst gesund geworden.»

«Du bist von selbst gesund geworden?» sagte ich. «Du musst immer was Besonderes haben.»

«Was Besonderes?» rief meine Mutter. «Wieso was Besonderes?»

«Ich meine nur», sagte ich. «Vielleicht dachtest du, du wärst anders als die anderen. Ist es nicht so?»

«Ich dachte gar nichts», sagte meine Mutter.

Und ich fragte: «War der Vater je krank?»

«Und ob!» antwortete meine Mutter. «Jeden Augenblick war er krank. Er hatte Malaria.»

«Eben», sagte ich. «Der Vater wollte den Doktor haben.»

Und meine Mutter: «Und ob! Wie ein kleines Kind war er. Er hatte Schüttelfrost, hohes Fieber, wir wussten, dass es die Malaria war, und trotzdem wollte er den Doktor...»

Und ich: «Der Vater war ein demütiger Mensch.»

Und meine Mutter: «Er hatte Angst.»

Und ich: «Er war ein demütiger Mensch.»

Ich war ein bisschen müde, die Gasse stieg steil an, mit einem Mäuerchen auf einer Seite, und ich stützte mich auf das Mäuerchen. Ich war fortgereist aus meiner Ruhe in der Nichthoffnung und war noch auf Reisen, und die Reise war auch Gespräch, sie war Gegenwart und Vergangenheit, Erinnerung und Phantasie, nicht Leben für mich, aber doch Bewegung, und ich stützte mich auf das Mäuerchen, ich dachte an meinen Vater, wenn er müde war, kein Macbeth, kein König, mit seinen blauen Augen.

Krank war er mit allem Schmerz der Welt beladen und nahm es hin, kein Macbeth zu sein, verlangte nach dem Doktor, wollte gesund werden, war wie ein kleines Kind.

Ist ein Mensch um so mehr Mensch, wenn er

wie ein kleines Kind ist? Er ist demütig, gibt sein eigenes Elend zu, und in seinem eigenen Elend schreit er. Ist er um so menschlicher?

«Im Grunde war er ein demütiger Mensch», sagte ich wieder.

Ich sah meine Mutter an und nahm die Hand vom Mäuerchen.

«Und der Grossvater war niemals krank?» fragte ich.

«Der war sehr krank», antwortete meine Mutter.

«Was?» rief ich. «Der auch?»

«Warum nicht?» sagte meine Mutter. «Als er um die vierzig war, und ich sieben oder acht.»

«Ich nehme an, dass er keinen Doktor wollte», sagte ich.

«Nein», sagte meine Mutter. «Er wurde von selbst gesund. Einmal kam der Armenarzt, aber dann nie wieder; der Grossvater wollte ihn nicht.»

Und ich: «Genau! Er dachte, er wäre was Besonderes.»

Und meine Mutter: «Unsinn! Er dachte, er wäre nicht krank.»

«Eben», sagte ich. «Er dachte, er wäre was Besonderes, er könnte nicht krank werden, so einer wie er! Er war ein stolzer Mensch!»

Meine Mutter reckte den Rücken und war stolz.

«Gewiss. Er war ein stolzer Mensch», sagte sie.

«Und was war es?» fragte ich. «Ein bisschen Schwindsucht oder ein bisschen Malaria?»

«Aber nein!» rief meine Mutter. «Er war schwerkrank», sagte sie. «Er ist gestorben und wiederauferstanden!»

Nicht mehr auf das Mäuerchen, sondern auf den Arm meiner Mutter gestützt, dachte ich an die Menschen, an mich selber und den Vater, den Grossvater, an demütige Menschen und stolze Menschen, und dachte an die Menschheit und an den Stolz im Elend, und war stolz, ein Menschensohn zu sein.

Mancher, freilich, war kein Mensch; und nicht das ganze menschliche Geschlecht war menschlich. Aber nicht, weil er demütig war, war ein Mensch kein Mensch. Und auch nicht, weil er stolz war.

Ein Mensch konnte im Elend schreien wie ein kleines Kind und um so mehr Mensch sein.

Und er konnte das eigene Elend leugnen, stolz sein und trotzdem um so mehr Mensch sein.

Ein stolzer Mensch ist ein Grosser Lombarde und denkt an andere Aufgaben, wenn er Mensch ist. Darum ist er um so mehr Mensch. Und darum vielleicht ist seine Krankheit Tod und Wiederauferstehung.

«Es war eine Lungenentzündung», erzählte meine Mutter, «oder sonst etwas in der Art. Und er wollte keinen Doktor. Er sagte, er wäre nicht krank. Er schickte den Armenarzt weg. ‹Das Brot ist sehr teuer für die Armen›, sagte er ihm. ‹Jeder Bissen kostet einen Arbeitstag.› Und er schickte den Doktor weg. ‹Wir müssen arbeiten›, sagte er ihm. Und er arbeitete weiter seine vierzehn Stunden täglich. Bis er eines Nachts starb und wiederauferstand.»

«Er war gross, der Grossvater», sagte ich.

«Er war gross», sagte meine Mutter.

Nun waren wir auf dem steilen Weg aus dem Schatten des Tales herausgekommen, wir waren in der Sonne angelangt, und meine Mutter sagte: «Aber was meinst du, wie ich die Injektionen mache? Gut, nicht?»

«Gut», sagte ich.

«Siehst du!» rief meine Mutter und triumphierte und war froh.

«Siehst du?» sagte sie. «Ich kann mir mein Brot selber verdienen.»

Jetzt waren wir fern vom Getöse des Sturzbachs, wir waren in der Sonne angelangt, just gegenüber der Sonne, die nun bald untergehen würde, und konnten hören, wie sich der Schnee oder die Wolke der Dudelsackmusik auf der Höhe des Dorfes ausbreitete.

«Jetzt gehen wir zur Witwe», sagte meine Mutter. «Das ist eine, die Geld hat. Sie zahlt bar.»

29

Die Witwe war eine Frau von etwa vierzig Jahren, mit blühendem Fleisch, und wohnte im ersten Stock, in einem Haus von zwei oder drei grossen Zimmern mit hoher Decke.

«Man nennt sie die Witwe», sagte meine Mutter, «aber sie ist keine richtige Witwe. Sie ist eine, die von einem grossen Herrn ausgehalten wurde.»

«Und warum bekommt sie Injektionen?» fragte ich.

«Weil sie eine Dame ist», antwortete meine Mutter. «Die Herrschaften lassen sich Injektionen machen, und sie hat sich das bei ihnen angewöhnt. Aber vielleicht hat sie auch ein bisschen Schwindsucht.»

Jedenfalls war sie eine anziehende Frau, mit blühendem Fleisch. Anscheinend wohnte sie allein in ihren grossen Zimmern. Sie kam selbst die Tür aufmachen.

«Ich warte schon auf Euch, Concezione», sagte sie. «Ich habe gehört, dass ein Sohn von Euch angekommen ist. Das ist er?»

Im Haus lag, vom Eingang bis nach oben, ein starker Geruch, als hätte man dort den ganzen

Herbst lang Most gären lassen. Das ist der Geruch der nicht ganz armen Stadthäuser in Sizilien, widerlich, nicht berauschend, der leibliche Gefährte der Dunkelheit.

Die Witwe empfing uns lärmend, mit lautem Lachen, und sie hatte einen üppigen Busen, die volle Bruststimme, die zu ihren grossen Brüsten gehörte, und schwarze Augen, schwarzes Haar.

«Ich denke, ich habe recht getan, ihn mitzubringen», sagte meine Mutter. «Ein schöner Sohn, nicht?»

«Gross und stark!» sagte die Witwe. «Eurer würdig, Concezione!»

Sie lachte lärmend und führte uns in ihre Zimmer, die wie der Eingang und die Treppe nach Most rochen, aber auch ein bisschen nach Zimt; sie waren alt, ohne allzu viele Möbel und ohne etwas anderes an den Wänden als Fächer aus Ansichtskarten, eher düster, ohne viel Licht, weil die Balkone auf ein eingeschlossenes Gärtchen gegen Norden zu gingen.

Meine Mutter fuhr fort, von mir zu sprechen.

«Woher wusstet Ihr, dass er angekommen ist?» sagte sie. «Ich denke, es wäre nicht recht von mir gewesen, ihn nicht mitzubringen.»

«Oh», sagte die Witwe, «ich hätte mich vor Neugier verzehrt, ihn kennenzulernen.»

Sie wollte uns unbedingt mit Marsala und Biskuits bewirten. Von dem Tisch aus, wo sie uns einschenkte, übersah man die ganze Wohnung, zwei oder drei grosse Zimmer mit vielen Türen, alle weit geöffnet, und mit einem Tisch in jedem Zimmer und einem riesigen Bett mit rotem Überwurf in dem einen.

«So», sagte die Witwe.

Und sie lachte lärmend. Sie stellte mir ein paar Fragen über Oberitalien. Und bei meiner Mutter erkundigte sie sich, ob sie mich auf ihrem Rundgang in alle Häuser mitgenommen hätte.

«Natürlich», sagte meine Mutter. Und sie war zufrieden, dass sie mich in so vielen Häusern aufgedrängt hatte, sie fügte hinzu, sie hätte mir zeigen wollen, wie gut sie Injektionen machte. Und die Witwe lachte. Sie sah mich, als Mann, mit ihren schwarzen Augen an.

Und mit der vollen Bruststimme, die zu ihren grossen Brüsten gehörte, sagte sie: «Aber an mir nicht, Concezione.»

«Was an Euch nicht?» sagte meine Mutter.

«An mir zeigt Ihr ihm nicht, wie gut Ihr Injektionen macht.»

«Warum nicht?» sagte meine Mutter.

Und die Witwe lachte, sie sagte: «Ich lasse mir die Injektion nicht vor ihm machen.»

«Warum nicht?» sagte meine Mutter. Und sie war mit dem festen Willen gewappnet, mich aufzudrängen.

«Warum nicht?» sagte sie.

«Weil es nicht nötig ist, Concezione», antwortete die Witwe. «Hier ist es nicht nötig», sagte sie. «Es gibt so viele Zimmer. Er kann warten, ohne aus dem Haus zu gehen.»

«Deswegen ist es doch nicht», sagte meine Mutter. «Ich möchte, dass er sieht, wie ich die Injektion mache.»

«Das hat er schon oft genug gesehen», antwortete die Witwe. «Er braucht es nicht noch hier zu sehen.»

Und sie wandte sich an mich, sie sagte lachend: «Nicht wahr, Signor Silvestro?»

«Ja, ich denke schon», sagte ich. Doch es gefiel mir, dass man mich aufdrängte.

«Was heisst ja?» fragte mich meine Mutter. «Möchtest du nicht sehen, wie ich der Signora die Injektion mache?»

«O doch», antwortete ich.

«Na also», sagte meine Mutter. «Er möchte es sehen.»

«Aber, Concezione!» rief die Witwe. «Ich möchte nicht, dass er mich sieht.»

Meine Mutter lachte.

«Aha!» sagte sie. «Aber er ist doch mein Sohn. Das ist, als wäre ich's selber.»

«Aber er ist ein junger Mann», sagte die Witwe.

Und meine Mutter sagte: «Glaubt Ihr, er hätte nie im Leben eine Frau gesehen?»

Darauf sagte die Witwe nichts mehr. Sie lachte und ergab sich. «Er spitzt ja darauf, der Schlimme!» rief sie lachend und zeigte auf mich.

Sie legte sich aufs Bett, und meine Mutter entblösste sie.

«Das ist Gewalt, Concezione», sagte sie lachend in ihr Kissen.

Meine Mutter jagte ihr mit Genuss die Nadel ins Fleisch und sah mich triumphierend an. «Siehst du, wie gut sie gebaut ist?» sagte sie, auf ebendieses Fleisch weisend.

Die Witwe zappelte lachend auf dem Bett. «Oh, Concezione!» rief sie.

«Und sie ist beinahe vierzig», sagte meine Mutter.

Ich machte ihr ein Kompliment.

Und die Witwe kreischte: «Aber, Signor Silvestro!» Sie machte eine Bewegung, um aufzustehen, doch meine Mutter hielt sie fest und schob ihren Rock sogar noch höher hinauf.

«Wartet, damit er Euch richtig sehen kann», sagte sie. Und zu mir: «Schau doch, Silvestro.»

«Aber das ist Gewalt!» rief die Witwe und zappelte, um aufzustehen.

Schliesslich liess meine Mutter sie aufstehen, und die Witwe sagte mir lachend, mit rotem Gesicht: «Ihr seid ein ganz Schlimmer, Signor Silvestro!»

Sie verabschiedete sich herzlich, und meine Mutter und ich traten auf die Strasse hinaus, in die Dudelsackmusik und in die Sonne, die uns gegenüber unterging. Wir lachten, und meine Mutter sagte, die Witwe hätte so viele Geschichten gemacht, weil sie nur eine ausgehaltene Person gewesen war und sich in keiner geregelten Situation fühlte.

«Aber sie ist eine gute Frau», sagte sie. «Und sie ist gut gebaut, nicht?» fügte sie hinzu und blinzelte mir zu, während wir die Strasse überquerten.

«O ja!» sagte ich.

«Und sie hat eine frische Haut», fügte meine Mutter hinzu.

«O ja!» sagte ich.

Und meine Mutter: «Für ihr Alter ist sie noch sehr gut beisammen, eine der Besterhaltenen im Dorf.»

Und ich: «Das glaube ich wohl.»

Und meine Mutter: «Aber manche sind in ihrem Alter noch besser beisammen.»

«Ich war besser beisammen als sie», sagte sie. «Und ich glaube, ich würde noch heute, mit meinen fünfzig Jahren, keine allzu schlechte Figur neben ihr machen», sagte sie ausserdem.

«O nein!» sagte ich.

«Ich bin noch gut beisammen, nicht?» sagte meine Mutter.

«O ja!» sagte ich. «Du hast noch nicht einmal ein weisses Haar.»

Und meine Mutter: «Du solltest sehen, wie frisch ich sonst noch bin.»

Und ich: «Du kannst stolz auf dich sein.»

«Natürlich!» rief meine Mutter. «Das habe ich deinem Vater gesagt. ‹Du solltest stolz auf eine Frau sein, die in ihrem Alter noch so frisch ist...› Aber er versteht nichts von Frauen. In seinen Gedichten hat er immer nur von feinen Händen und Augen und so weiter geredet.»

«Ich denke, in den Gedichten konnte er wohl von nichts anderem reden», sagte ich.

«Schön, aber er hätte vor dem Reden das übrige in Betracht ziehen können», sagte meine Mutter. «Er wäre stolz auf mich gewesen, wenn er das übrige in Betracht gezogen hätte. Mein Vater war so stolz auf mich und seine anderen Töchter. Er sagte immer, kein Mädchen in ganz Sizilien wäre so gerade gewachsen wie wir. Ach, er war stolz auf mich, mein Vater!»

30

Höher oben, der untergehenden Sonne gegenüber, kamen wir wieder zu einem Haustor wie dem der Witwe, wenn auch kleiner und anspruchsloser, mit einem zerbrochenen Türklopfer.

«Jetzt gehen wir zu einer Freundin von mir», sagte meine Mutter.

«Auch eine Injektion machen?» fragte ich.

«Ja», antwortete meine Mutter. «Ich möchte, dass du siehst, wie frisch die noch ist. Vielleicht frischer als die Witwe. Und sie ist auch fast vierzig.»

«Und ist sie auch Witwe?» fragte ich. «Ich meine - wurde sie auch von einem grossen Herrn ausgehalten?»

«O nein!» antwortete meine Mutter. «Sie ist eine verheiratete Frau. Sie hat vier Kinder.»

Wir traten durch das wurmstichige Tor ins Haus, und auch hier lag über den Treppen der alte Mostgeruch, der für die nicht ganz armen Häuser in Sizilien charakteristisch ist. Doch drinnen in den Zimmern war er viel weniger ausgeprägt; hier war alles zu alt, die Möbel, die Fliesen des Fussbodens, Vorhänge, Bettdekken, alles zu alt und schon tot, und es roch mehr nach Staub als nach etwas anderem.

«Weshalb bekommt sie Injektionen?» fragte ich. «Ist sie krank?»

«Nein», sagte meine Mutter. «Sie glaubt, dass sie ein bisschen blutarm ist.»

«Und wird sie sich die Injektion vor mir machen lassen?» sagte ich.

«Wie denn nicht?» sagte meine Mutter.

«Aber wenn sie nicht will, dann besteh nicht darauf», sagte ich.

«Sie wird schon wollen», sagte meine Mutter.

Ein fünfjähriges Bübchen, das die Tür öffnete, liess uns ein. Zwei andere Kinder kamen uns entgegen, eines vielleicht sieben, das andere acht oder neun Jahre alt, mit langen Haaren und langen Kittelschürzen, so dass man nicht wusste, ob es Buben oder Mädchen waren. «Concezione! Concezione!» brüllten sie und zogen uns hin und her durchs Haus, durch lauter sehr dunkle Zimmer, und dann kam uns von einem Balkon ein fünfzehn- oder sechzehnjähriges Mädchen entgegengelaufen, das gleichfalls zu rufen begann: «Concezione! Concezione!»

Zum Schluss kam uns die Dame, die Freundin meiner Mutter, entgegen.

«Concezione! Concezione!» rief sie.

Sie war nicht sehr gross, durchaus nicht blutarm von Aussehen, sondern rundlich und anmutig, blühend und jugendlich. Sie fiel meiner Mutter um den Hals und küsste sie, als hätte sie sie monatelang nicht gesehen, mitten unter den schreienden und herumhüpfenden Kindern, und sagte: «Ich wusste, dass du deinen Sohn mitbringen würdest!»

«Wusstest du, dass er angekommen ist?» sagte meine Mutter.

«Ja», antwortete die Freundin meiner Mutter. «Ich habe es sofort gehört, und da habe ich mir gleich gedacht, dass du ihn mitbringen würdest. Was für ein schöner Sohn!»

Die Kinder brüllten, das junge Mädchen plapperte; wir waren in einem Zimmer mit einem sehr hohen Doppelbett, und meine Mutter sagte zu ihrer Freundin: «Los, leg dich aufs Bett!»

«Machst du sie mir vor ihm?» sagte die Freundin meiner Mutter.

«Warum? Möchtest du ihn hinausschicken?» rief meine Mutter.

«Das habe ich nicht gesagt», antwortete die Freundin meiner Mutter.

Die Kinder waren alle im Zimmer, das junge

Mädchen auch, und die Freundin meiner Mutter sagte: «Er bringt mich ein bisschen in Verlegenheit. Er ist so gross!»

Meine Mutter lachte, und sie lachte mit meiner Mutter. Auch das junge Mädchen lachte.

«Aber so gross habe *ich* ihn gemacht», sagte meine Mutter. «Das braucht dich nicht in Verlegenheit zu bringen.»

Die Freundin meiner Mutter warf sich aufs Bett.

«Ich nehme an, dass er schon viele Frauen gesehen hat!» sagte sie.

Sie schob selbst ihren Rock hinauf, und während sie wartete, dass meine Mutter sie stach, sagte sie: «Ich nehme an, dass er Begehrenswertere als mich gesehen hat!»

Die Kinder hüpften herum und schrien, und meine Mutter war noch nicht zum Stechen bereit. Sie sagte: «Hattest du Angst, ihm Appetit zu machen?»

Sie lachte, und das junge Mädchen lachte mit ihr, und die Freundin meiner Mutter lachte in ihr Kissen, während die Kinder herumhüpften, und rief: «O nein, Concezione! Ich weiss wohl, dass ich fast seine Mutter sein könnte.»

Da sagte ich: «Ich glaube nicht, dass es darauf ankommt...»

Sie hatte blühendes Fleisch; ich wollte ihr ein Kompliment machen. Und sie schrie: «Was meint er damit?»

Und meine Mutter schrie: «Meinst du, dass sie dir Appetit macht?»

«Warum nicht?» sagte ich.

«Oh!» schrie die Freundin meiner Mutter lachend.

«Oh!» schrie meine Mutter lachend.

Das junge Mädchen lachte mit, und die Injektion wurde gemacht.

Die Freundin meiner Mutter richtete sich auf und sagte, während sie mir lachend mit dem Finger drohte: «Wisst Ihr, was Ihr seid? Ihr seid ein ganz frecher Mensch.»

Kaum waren wir draussen, als meine Mutter fragte: «Hat sie dir wirklich Appetit gemacht?»

«Warum nicht?» antwortete ich.

«Oh!» rief meine Mutter. Und sie lachte.

«Eine Frau, die zehn Jahre älter ist als du!» sagte sie.

Und sie fügte hinzu: «Hat die Witwe dir auch Appetit gemacht?»

«Aber gewiss doch», sagte ich. «Sogar noch mehr.»

«Oh!» rief meine Mutter.

Sie lachte und sagte: «Hätte ich das gewusst, hätte ich dich nicht zuschauen lassen.»

Aber innerlich jubilierte sie, gleichsam siegreich, und aus der steil ansteigenden Gasse gelangten wir auf eine Art Esplanade, wo sich der Blick auf das ganze Tal und die untergehende Sonne öffnete.

Meine Mutter sah die Sonne an, dann fragte sie mich: «Wann hast du zum erstenmal gesehen, wie eine Frau gebaut ist?»

31

In der weiten, kalten, sonnefunkelnden Luft lag noch immer Dudelsackmusik, und jetzt war sie lebendig, nicht Schnee, nicht Wolke, sondern ganz nah, und das Geläute von Ziegenglocken lag darin, ein volltönendes Geläute, kein dünnes Gebimmel mehr; es war, als zöge Herde um Herde hinter den Häusern vorbei.

«Wann es das erste Mal war?» sagte ich.

Ich dachte nach und suchte mich zu erinnern, um meiner Mutter zu antworten.

«Ja, wann du zum erstenmal gesehen hast, wie eine Frau gebaut ist», sagte meine Mutter.

Und ich suchte mich zu erinnern; es machte mir Freude, mich zu erinnern, und fiel mir leicht.

«Ich glaube, ich wusste schon immer, wie eine Frau gebaut ist», sagte ich.

«Auch mit zehn Jahren, als Lausbub, der vom fahrenden Zug abgesprungen ist?» rief meine Mutter.

«Ja», sagte ich. «Mit zehn Jahren wusste ich genau, wie eine Frau gebaut ist.»

«Auch mit sieben Jahren?» rief meine Mutter. «Auch mit sieben Jahren, als kleines Kerlchen, das meine Freundinnen auf den Schoss genommen haben?»

«Ich glaube, ja», sagte ich. «Auch mit sieben Jahren. Wo waren wir, als ich sieben war?»

Meine Mutter rechnete nach.

«Das war im ersten Kriegsjahr», sagte sie. «Da waren wir in Terranova. Wir waren in einem Bahnwärterhaus, einen Kilometer vom Dorf entfernt.»

«In Terranova?» sagte ich.

Dort hatte ich Tausendundeine Nacht und so viele andere Bücher gelesen, von alten Geschichten, alten Reisen, mit sieben und acht und neun Jahren, und auch das war Sizilien, Tausendundeine Nacht und alte Länder, Bäume, Häuser und Menschen aus den ältesten Zeiten, durch die Bücher gesehen. Später, in meinem Leben als Mann, hatte ich es vergessen, doch es steckte in mir, und ich konnte mich daran erinnern, es wiederfinden. Glücklich, wer etwas wiederzufinden hat!

Es ist ein Glück, als Kind gelesen zu haben. Und ein doppeltes Glück, Bücher von alten Zeiten und alten Ländern gelesen zu haben, Geschichtsbücher, Reisebücher und ganz besonders die Märchen aus Tausendundeiner Nacht. Auch an das Gelesene kann man sich erinnern, als hätte man es irgendwie erlebt, und man hat die Geschichte der Menschen und der ganzen Welt in sich, mitsamt der eigenen Kindheit, Persien mit sieben Jahren, Australien mit acht, Kanada mit neun, Mexiko mit zehn, und in dem Winter, als man sechs Jahre alt war, die Juden der Bibel mit dem Turm zu Babel und David, Kalifen und Sultaninnen in einem Februar oder September, und im Sommer die grossen Kriege mit Gustav Adolph und so weiter durch Sizilien-Europa, in einem Terranova, einem Syrakus, während der Zug allnächtlich Soldaten in einen Weltkrieg fortträgt, der sämtliche Kriege ist.

Ich hatte das Glück, in meiner Kindheit viel zu lesen, und in Terranova bedeutet Sizilien für mich auch Bagdad und Palast der Tränen und Palmenhain. Dort las ich Tausendundeine Nacht und anderes in einem Haus voller Sofas und Mädchen, das einem Freund meines Vaters gehörte, und von dorther erinnere ich mich an die Nacktheit der Frau wie an Sultaninnen und Odalisken, gegenständlich, bestimmt, Herz und Sinn der Welt.

«Doch, mit sieben Jahren wusste ich besser denn je, wie eine Frau gebaut ist», sagte ich.

«Besser denn je?» sagte meine Mutter.

«Besser denn je», sagte ich. «Ich wusste es und konnte es sehen. Ich hatte immer vor Augen, wie eine Frau gebaut ist.»

«Wie meinst du das?» rief meine Mutter. «Dachtest du daran?»

Und ich: «Nein, ich dachte nicht daran. Ich wusste es und konnte es sehen. Das war alles. Genug, nicht?»

«Bei wem konntest du es sehen?» fragte meine Mutter.

Und ich: «Bei jeder Frau. Es war ganz natürlich für mich. Es war kein Arg dabei.»

So war es. Kein Arg dabei. Doch es war trotzdem die Frau. Mit sieben Jahren kennt man nicht die Übel der Welt, nicht den Schmerz und nicht die Nichthoffnung, man ist nicht von gestaltloser Wut geschüttelt, aber man kennt die Frau. Nie wieder kennt einer, der als Mann geboren ist, die Frau so gut wie mit sieben Jahren und vorher. Da ist sie ihm nicht Erleichterung, nicht Freude und nicht einmal Spiel und Scherz. Sie ist die Gewissheit der Welt; unsterblich.

«Einmal, als ich sieben Jahre alt war», erzählte ich meiner Mutter, «wurde eine Tochter von Freunden von uns krank und starb. Sie war so wie deine Kranken, ich weiss nicht, ob stolz oder demütig, und ich ging weiter zu den Leuten und war oft stundenlang an ihrem Bett. Ich kannte sie schon lange; sie spielte mit mir, nahm mich auf den Schoss und zog sich vor mir ein anderes Hemd an. Während ihrer Krankheit kam jeden Tag eine Frau und machte ihr eine Injektion, und ich stand dabei und sah sie, wie ich heute die Witwe und deine Freundin gesehen habe. Es war nicht dasselbe, natürlich, von Appetit war keine Rede. Aber eines Tages sagte sie mir: ‹Ich muss sterben!›»

«Und dann?» rief meine Mutter.

«Nichts», sagte ich.

«Wieso nichts?» rief meine Mutter. «Das war eine der Aladino-Töchter, ein schönes Mädchen...»

«Es war ein Haus mit schönen Mädchen, nicht wahr?» sagte ich.

«Ja», erzählte meine Mutter. «Ihr Vater fuhr mit Kolophonium-Schiffen nach Malta und zurück, und manchmal nahm er eine der Töchter mit. Die eine blieb dann in Malta, sie heiratete einen Goldschmied. Eine andere heiratete einen Makler. Und diese starb.»

Dann fragte mich meine Mutter: «Nun? Du sprachst davon, dass sie starb...»

«Das ist alles», antwortete ich. «Sie starb,

und ich ging weiter zu den Leuten. Ich sah statt ihrer ihre Schwestern an.»

«Warst du nicht traurig über ihren Tod?» fragte meine Mutter.

«Ich weiss nicht», sagte ich. «Ich sah die anderen, nackt wie sie... Es war nie wieder so schön», sagte ich.

«Wieso?» rief meine Mutter. «Hast du keine Frauen gesehen, die schöner gebaut waren als die Aladino-Mädchen?»

«Das meine ich nicht», sagte ich.

«Und deine Frau?» rief meine Mutter. «Ist nicht wenigstens deine Frau wie die Aladino-Mädchen? Was für eine Frau hast du denn geheiratet?»

«Das meine ich nicht», sagte ich.

«Du hast herzlich wenig Frauen gesehen!» rief meine Mutter.

«Das meine ich nicht», sagte ich zum drittenmal.

Und meine Mutter sagte: «Komm, jetzt gehen wir zur Signorina Elvira. Da wirst du sehen, wie schön ein Mädchen mit zwanzig Jahren sein kann.»

Sie beschleunigte ihre Schritte, und während sie mir vorausging, zwischen Menschen, zwischen Ziegen, in dem grossen roten Sonnenuntergang und mitten in dem herrlichen Blöken der Dudelsackmusik, da sagte sie noch: «Wenn ich der Signorina Elvira ihre Injektion mache, denke ich immer, dass meine Söhne vielleicht nie etwas Ähnliches gesehen haben.»

Vierter Teil

32

Doch jetzt hatte ich genug von ihren Kranken und ihren Frauen und widersprach meiner Mutter, ich wollte nicht mit ihr zu der Signorina hinaufgehen.

Wir kamen zum Palazzo, auf halber Höhe des Häuserbergs, und ich sagte: «Ich warte hier auf dich.»

«Was sind das für Geschichten?» schrie meine Mutter.

Sie wandte sich um, als wollte sie mich schlagen, wie eine erzürnte Mutter, doch da sah sie keinen kleinen Buben, sondern einen dreissigjährigen Mann und fast einen Fremden. Sie redete, sie schrie. «So ein Dummkopf!» schrie sie. Doch ich blieb Sieger, weil ich wirklich nicht hinaufgehen wollte, das Rad der Reise war in mir stehengeblieben, gerade jetzt. Zu welchem Zweck hätte ich noch eine Frau ansehen sollen? Oder auch noch einen Kranken – zu welchem Zweck? Zu welchem Zweck für mich? Zu welchem Zweck für die anderen?

Tod oder Unsterblichkeit, die kannte ich; und Sizilien oder die Welt, das war dasselbe. Ich betrachtete den Palazzo und dachte an die

Frau dort drinnen, bereit für die Nadel meiner Mutter und für meine Augen, für den Mann; und ich weigerte mich, sie mir unsterblicher zu denken als jede andere oder als einen Kranken oder einen Toten. Ich setzte mich auf einen Prellstein. «Ich warte hier auf dich», sagte ich wieder zu meiner Mutter.

Während ich wartete, sah ich einen Kinderdrachen aus dem Tal aufsteigen und verfolgte ihn mit den Augen, wie er hoch oben im Licht über mich hinwegflog, und ich fragte mich, warum die Welt eigentlich nicht immer wäre wie mit sieben Jahren, Tausendundeine Nacht. Ich hörte die Dudelsäcke, die Ziegenglocken und Stimmen auf den Stufenreihen der Dächer und aus dem Tal, und fragte es mich viele Male, während ich dem Drachen oben in der Luft zusah. In Sizilien heisst er fliegender Drachen, und irgendwie ist er China und Persien am sizilianischen Himmel, Saphir, Opal und Geometrie, und während ich ihm zusah, konnte ich nicht umhin, mich zu fragen, warum denn wirklich das Vertrauen seiner sieben Jahre dem Menschen nicht immer erhalten bleibt.

Oder wäre das vielleicht gefährlich? Mit sieben Jahren sind ihm alle Dinge Wunder, und aus ihrer Nacktheit, aus der Frau, schöpft er die

Gewissheit ihres Daseins, so wie sie, unsere Rippe, sie wohl aus uns schöpft. Den Tod gibt es, doch er mindert die Gewissheit nicht; der Tausendundeine-Nacht-Welt des Menschen vermag er noch keine Kränkung zuzufügen. Der Knabe fragt der Art von Papier und Wind nicht nach, es treibt ihn nur, einen Drachen steigen zu lassen. Er läuft hinaus und schleudert ihn empor, und es ist ein Schrei, der aus ihm aufsteigt, und der Knabe trägt ihn durch die Sphären, an einer langen Schnur, die man nicht sieht, und so begeht, so feiert sein Vertrauen die Gewissheit. Doch später, was würde er da mit der Gewissheit tun? Später kennt man die Kränkungen, die der Welt zugefügt werden, die Ruchlosigkeit und die Verknechtung, die Ungerechtigkeit zwischen den Menschen und die Entwürdigung der Menschheit und der Welt durch das irdische Leben. Was täte man dann, wenn man noch immer Gewissheit hätte? Was täte man? fragt man sich. Was täte ich, was täte ich? fragte ich mich.

Und der Drachen zog vorüber. Ich wandte den Blick vom Himmel ab und sah einen Scherenschleifer, der sich vor dem Palazzo aufgestellt hatte.

33

Die ganze Strasse lag in voller Sonne, zum Tal hin offen, und der Scherenschleifer funkelte an vielen Stellen, er und sein Karren, das Gesicht schwarz in meinen lichtgeblendeten Augen.

«Schleifen! Schleifen!» schrie er zu den Fenstern des Palazzo hinauf. Seine Stimme schrillte, pickte an Scheiben und Stein; und ich merkte, dass er eine Art Wildvogel war, mit einer Kopfbedeckung, wie man sie in den Feldern auf dem Kopf der Vogelscheuchen sieht. «Nichts zu schleifen?» schrie er.

Jetzt schien er sich an mich zu wenden, und ich verliess den Prellstein und ging quer über die Strasse näher an seine Stimme heran.

«Ich meine Euch, den Fremden!» schrie er.

Er war langbeinig, zerrupft, und es war, als nistete er auf seinem Gestell, während er das Rad probeweise vorwärts und rückwärts laufen liess. «Habt Ihr nichts zum Schleifen in unser Dorf gebracht?» schrie er.

Das Rad der Reise begann sich jetzt wieder in mir zu drehen, und ich stöberte in meinen Taschen, erst in der einen und dann in der anderen, und während ich mich an die dritte machte, fuhr der Mann fort: «Habt Ihr kein Schwert zu schleifen? Habt Ihr keine Kanone zu schleifen?»

Ich zog ein Taschenmesser hervor, und der Mann riss es mir aus der Hand, er begann ungestüm zu schleifen; und er sah mich an, das Gesicht schwarz wie von Rauch.

Ich fragte: «Habt Ihr nicht viel zu schleifen im Dorf hier?»

«Nicht viel Würdiges», antwortete der Scherenschleifer. Und er sah mich die ganze Zeit an, während seine Finger mit der kleinen Klinge dazwischen im Wirbel des Rades tanzten; und er lachte, er war jung, er war ein sympathischer, magerer Kerl unter der alten Kopfbedeckung einer Vogelscheuche.

«Nicht viel Würdiges», sagte er. «Nicht viel, was der Mühe wert wäre. Nicht viel, was einem Freude macht.»

«Ihr werdet doch Messer schleifen. Ihr werdet doch Scheren schleifen», sagte ich.

Und der Scherenschleifer: «Messer? Scheren? Glaubt Ihr, dass es auf dieser Welt noch Messer und Scheren gibt?»

Und ich: «Ich dachte, ja. Gibt es hier im Dorf keine Messer und Scheren?»

Wie blanke Messer funkelten die Augen des Scherenschleifers, als er mich jetzt ansah, und aus seinem weit aufgerissenen Mund in dem schwarzen Gesicht kam die Stimme etwas heiser, in spöttischem Ton. «Weder hier noch anderswo», schrie er. «Ich ziehe durch viele Dörfer, ich schleife für fünfzehn- oder zwanzigtausend Seelen, aber nie bekomme ich Messer, nie bekomme ich Scheren zu sehen.»

Ich sagte: «Aber was gibt man Euch zu schleifen, wenn Ihr weder Messer noch Scheren zu sehen bekommt?»

Und der Scherenschleifer: «Das frage ich die Leute immer. ‹Was gebt Ihr mir zu schleifen? Gebt Ihr mir kein Schwert? Gebt Ihr mir keine Kanone?› Und ich schau ihnen ins Gesicht, in die Augen, ich sehe, dass alles, was sie mir geben, nicht einmal ein Nagel genannt werden kann.»

Nun schwieg er und sah mich auch nicht mehr an. Er beugte sich über das Rad, trat immer schneller auf sein Pedal, schliff über eine Minute lang in rasender Konzentration. Schliesslich sagte er: «Es macht einem Freude, eine richtige Klinge zu schleifen. Ihr könnt sie schleudern, und sie ist ein Pfeil, Ihr könnt sie umklammern, und sie ist ein Dolch. Ach, hätten nur alle immer eine richtige Klinge!»

Ich fragte: «Warum? Glaubt Ihr, dann würde etwas geschehen?»

«Ach, es würde mir Freude machen, immer eine richtige Klinge zu schleifen!» antwortete der Scherenschleifer.

Er schliff wieder ein paar Sekunden lang in rasender Konzentration, dann verlangsamte er sein Tempo und fügte leise hinzu: «Manchmal scheint es mir, es würde genügen, wenn alle nur Zähne und Nägel zum Schleifen hätten. Ich würde sie ihnen schleifen wie Vipernzähne, wie Tigerkrallen...»

Er sah mich augenzwinkernd an, mit funkelnden Augen und schwarz von Gesicht, und sagte: «Ah! Ah!»

«Ah! Ah!» sagte ich, gleichfalls augenzwinkernd.

Und er neigte sich zu meinem Ohr, er sprach mir ins Ohr. Ich hörte seine Worte an meinem Ohr, ich lachte «Ah! Ah!» und sprach ihm ins Ohr. So waren wir zwei, die einander ins Ohr sprachen, und wir lachten, wir klopften uns gegenseitig auf die Schultern.

34

Dann gab mir der Scherenschleifer meine Klinge, scharf geschliffen wie Pfeil und Dolch. Ich fragte ihn, was es kostete, er sagte vierzig Centesimi, und ich zog vier Münzen zu zehn Centesimi hervor, ich legte sie auf das Brettchen an seinem Gestell.

Er öffnete eine kleine Schublade, und ich sah, dass sie in drei Fächer geteilt war; in jedem lagen Zehn- und Zwanzig-Centesimi-Münzen, im ganzen vielleicht fünf oder sechs Lire.

Ich sagte: «Ein magerer Tag heute!»

Doch jetzt hörte er mir nicht zu, ich merkte, dass er murmelnd die Lippen bewegte. Ganz versunken, drehte er meine Münzen zwischen den Fingern herum, das Murmeln wurde allmählich laut. «Vier für Brot», hörte ich. «Vier für Wein...» Dann plötzlich: «Und der Mann mit dem Schnurrbart?»

Etwas lauter begann er von vorne: «Vier für den Schnurrbart. Vier für Brot...» Und plötzlich: «Und der Wein?»

Und nochmals von vorne, noch lauter: «Vier für Wein. Vier für den Schnurrbart...» Und plötzlich: «Und das Brot?»

«Warum tut Ihr nicht alles zusammen und teilt es nachher?» fragte ich.

«Zu riskant», sagte der Scherenschleifer. «Manchmal würde ich alles aufessen, manchmal würde ich alles vertrinken.» Er kratzte sich am Kopf und gab mir, zum Himmel aufblikkend, zehn Centesimi zurück. «Da», sagte er. «Ich wollte Euch zwei Soldi zuviel abnehmen, aber Gott lässt es nicht zu. Es waren die zwei Soldi, die die ganze Konfusion angerichtet haben.»

Lachend steckte ich die zehn Centesimi wieder ein, und er holte den Blick vom Himmel auf die Erde zurück, er verteilte die drei verbliebenen Münzen befriedigt in die drei Fächer des Schublädchens.

«Zwei für Brot, zwei für Wein und zwei für den Schnurrbart», sagte er.

Er schüttelte die Hände frei, packte sein Gefährt an den Stangen und schickte sich an, die Gasse hinanzusteigen, im Licht der Sonne, die jetzt im Untergehen war.

Ich zögerte nicht, ihm zu folgen. «Geht Ihr hinauf?» sagte ich. «Ich komme mit.»

Doch bei aller Befriedigung, das Problem gelöst zu haben, war er nicht mehr fröhlich, er war im Gegenteil traurig und sprach nicht. Er starrte beim Gehen in die Luft, während er den Kopf mit dem alten Vogelscheuchenhut von rechts nach links und von links nach rechts warf. Und er glich im ganzen ein wenig einer Vogelscheuche mit seinem schwarzen Gesicht, mit den funkelnden Augen, mit dem grossen Mund eines Mageren, und mit der verflickten Jacke, den zerlumpten Hosen, den verbeulten Schuhen, mit den knöchrigen Bewegungen der langen Beine und der Ellbogen.

«Ihr müsst mich entschuldigen», sagte er plötzlich. «Ich dachte, ich könnte es tun, weil Ihr ein Fremder seid.»

«Ach, das hat doch nichts auf sich», sagte ich. «Zwei Soldi mehr oder weniger...»

Und er: «Die Sache ist die, dass man nicht weiss, wie man es mit den Fremden halten soll. In anderen Orten gibt's vielleicht Scherenschleifer, die acht Soldi verlangen, und man riskiert, sie zu schädigen, wenn man nur sechs verlangt, versteht Ihr?»

Wir gingen schweigend ein Stück weiter, er etwas munterer und ich belustigt, und die Sonne war untergegangen, Glockenläuten senkte sich vom Gipfel des Häuserbergs herab.

Dann räusperte sich der Scherenschleifer. «Schön ist die Welt.»

Und ich räusperte mich auch. «Das glaub' ich», sagte ich.

Und der Scherenschleifer: «Licht, Schatten, Kälte, Hitze, Freude, keine Freude...»

Und ich: «Hoffnung, Barmherzigkeit...»

Und der Scherenschleifer: «Kindheit, Jugend, Alter...»

Und ich: «Männer, Kinder, Frauen...»

Und der Scherenschleifer: «Schöne Frauen, hässliche Frauen, Gottes Gnade, Betrug und Ehrlichkeit...»

Und ich: «Erinnerung, Phantasie...»

«Wie meint Ihr?» rief der Scherenschleifer.

«Ach, nichts», sagte ich. «Brot und Wein...»

Und der Scherenschleifer: «Wurst, Milch, Ziegen, Schweine und Kühe... Mäuse.»

Und ich: «Bären, Wölfe.»

Und der Scherenschleifer: «Vögel, Bäume und Rauch, Schnee...»

Und ich: «Krankheit, Genesung. Ich weiss, ich weiss! Tod, Unsterblichkeit und Auferstehung.»

«Ah!» schrie der Scherenschleifer.

«Was?» sagte ich.

«Es ist aussergewöhnlich», sagte der Scherenschleifer. «Ah und oh! Ih! Uh! Eh!»

Und ich: «Ich glaub' es.»

Und der Scherenschleifer: «Die Welt kränken, ist zu schlimm.»

Und ich sagte nichts mehr, ich war wieder bei den Gedanken von früher, bevor ich ihm begegnete, als der Drachen am Himmel vorüberzog, so als wäre er jetzt dieser Drachen. Ich sah ihn an und blieb stehen, und er blieb auch stehen, er fragte mich: «Verzeiht - wenn einer einen anderen kennenlernt, dessen Bekanntschaft ihm grosses Vergnügen macht, und er nimmt ihm dann zwei Soldi oder zwei Lire zuviel ab für einen Dienst, den er ihm eigentlich umsonst erweisen sollte, in Anbetracht des grossen Vergnügens, das ihm die Bekanntschaft macht, was ist dieser eine? Ein Mensch dieser Welt oder einer, der die Welt kränkt?»

Ich begann zu lachen. «Oh!» lachte ich. Und es war natürlich.

Und er fragte: «Ist er nicht einer, der die Welt kränkt? Ist er von dieser Welt? Gehört er der Welt an?»

«Oh!» lachte ich leichthin; weil es doch natürlich war.

Und er lachte: «Ah!»

Er zog seinen Hut und grüsste. «Danke, Freund», sagte er. Und wieder lachte er: «Ah!»

Wieder lachte ich: «Oh!»

Und er sagte: «Man verwechselt manchmal die Kleinigkeiten der Welt mit den Kränkungen, die der Welt zugefügt werden.»

Dann begann er mir wieder ins Ohr zu flüstern: «Wenn es Messer und Scheren gäbe...»

Und er sprach mir ins Ohr, eine, zwei Minuten lang, aber ich sagte ihm nichts ins Ohr, für mich war es jetzt, als wäre es mein Drachen, der sprach.

35

Wir kamen hoch oben im Dorf auf einen Platz, und es war keine Sonne mehr, es gab keine Ziegenglocken und Dudelsäcke mehr, meine Mutter war nicht da, es waren keine Frauen da, und der Scherenschleifer zeigte auf einen Laden.

«Möchtet Ihr einen kennenlernen, der einen Pfriem hat?» fragte er.

Ein Pferdekopf aus bemaltem Holz ragte über dem steinernen Torbogen des Ladens empor, und zu beiden Seiten des Eingangs, an den Türpfosten und an den offenstehenden Türflügeln selbst, hingen Seile und Häute sowie Quasten, Glöckchen und vielfarbige Federbüsche.

Der Scherenschleifer liess seine Karre auf dem Platz stehen und sprang vor mir auf die Schwelle, zog mich hinein. «Ezechiel!» schrie er. «Ezechiel!»

Drinnen war ein langer Gang, der ins Dunkel führte, und Seile und Häute, Quasten, Glöckchen und Federbüsche, Zügel, Peitschen, Sättel, Zaumzeug und Reitgeschirr jeder Art hingen hier wie draussen an den beiden Wänden und sogar noch von der Decke herunter.

«Ezechiel!» schrie der Scherenschleifer wieder, während wir weitergingen.

Hinter uns kam jemand hereingerannt, stiess uns mit sanfter Gewalt beiseite, stürmte an uns vorbei, und eine Knabenstimme explodierte: «Calogero ist da, Onkel Ezechiel!»

Wir schritten durch den engen Gang, zwischen Zaumzeug und Reitgeschirr, Sätteln, Zügeln, Peitschen und so weiter; und jetzt bewegten wir uns tastend vorwärts, in völliger Dunkelheit stiegen wir ins lautere Herz Siziliens hinab. Es roch gut in unserem lauteren Herzen, nach den unsichtbaren Seilen und Häuten, so wie nach frischem Staub, irdisch, aber noch nicht von den Kränkungen der Welt beschmutzt, die auf der Erde begangen werden. Ach, dachte ich, ach, wenn ich wirklich daran glaubte... Und es war nicht, als ginge ich unter der Erde, sondern als ginge ich auf der Flugbahn des Drachens dahin; ich hatte den Drachen vor Augen, und darum hatte ich nichts anderes, ich hatte das Dunkel, und ich hatte das Herz der Kindheit, das Herz Siziliens und der ganzen Welt.

Doch endlich erblickten wir ein Lichtchen vor uns, und das Lichtchen wurde zur Helligkeit, und ein Mann nahm Gestalt an; er sass an einem winzigen Tischchen mit Zügeln und Peitschen und mit Schatten von herabbaumelnden Zügeln und Peitschen auf dem Kopf.

«Ezechiel!» rief der Scherenschleifer.

Der Mann wandte sich um, sein Gesicht erschien feist, und seine kleinen Äuglein glänzten, als sagten sie: Ja, mein Freund, die Welt ist gekränkt, aber hier drinnen noch nicht! Mit wohlklingender Stimme fragte er: «Willst du den Pfriem, Calogero?»

Dann sah er mich, und seine kleinen Äuglein erweiterten sich und blickten besorgt, bis der Scherenschleifer, mein Drachen, sprach: «Heut abend brauche ich ihn nicht, Ezechiel. Ich habe diesen Freund gefunden, der eine Klinge hat.»

«Ach, wirklich?» rief der Mann und stand auf, von kurzer Gestalt und feist am ganzen Körper, mit blonden Löckchen, mit Grübchen in den Wangen, und die kleinen Äuglein blickten wieder lebhaft, als sagten sie aufs neue: Die Welt ist gekränkt, aber hier drinnen noch nicht!

Er suchte, vielleicht nach Stühlen, hinter den Vorhängen von Seilen und Quasten und Häuten herum und störte überall das Geklingel von Glöckchen auf; dann setzte er sich wieder, ohne etwas gefunden oder beschlossen zu haben.

«Sag ihm, dass es mich sehr freut», sagte er zum Scherenschleifer.

Neben dem Tischchen war ein kleines hölzernes Treppchen, das sich zwischen dem an der Decke hängenden Geschirr verlor, und der Scherenschleifer stützte sich mit einer Hand darauf. «Auch ihn freut es sehr», antwortete er.

«Freut mich sehr», sagte ich.

Und der Mann musterte mich lächelnd, fest überzeugt, dass es mich freute, aber weil der Scherenschleifer es gesagt hatte, nicht weil ich es sagte. Es war der Scherenschleifer, mit dem er das Gespräch fortsetzte. «Mir scheint, man sieht es deutlich», sagte er, mich musternd.

«Ich habe es gleich gesehen», antwortete der Scherenschleifer. «Da kann man sich nicht täuschen.»

Und der Mann Ezechiel: «Nein, da kann man sich nicht täuschen.»

Und der Scherenschleifer: «Er leidet.»

Und der Mann Ezechiel: «Ja, er leidet.»

Und der Scherenschleifer: «Um das Leid der gekränkten Welt leidet er. Nicht um sich selber.»

Und der Mann Ezechiel: «Nicht um sich selber, versteht sich. Jeder leidet um sich selber, und dennoch...»

Und der Scherenschleifer: «Und dennoch gibt es weder Messer noch Scheren, nirgends gibt es das...»

Und der Mann Ezechiel: «Nirgends. Niemand weiss etwas, niemand merkt etwas...»

Sie verstummten und sahen einander an, und die Augen des Mannes Ezechiel waren wieder voll Traurigkeit, die Augen des Scherenschleifers funkelten weisser denn je, gleichsam erschrocken, in dem schwarzen Gesicht.

«Ah!» sagte der Scherenschleifer.

«Ah!» sagte der Mann Ezechiel.

Und sie steckten die Köpfe über dem winzigen Tischchen zusammen, sie flüsterten einander ins Ohr, dann richtete sich der Scherenschleifer auf und sagte: «Aber unser Freund hat eine kleine Klinge. Er leidet um das Leid der gekränkten Welt.»

«Ja», sagte der Mann Ezechiel. Und er sah mich an, seine kleinen Äuglein glänzten traurig, als sagten sie: Schwer, schwer ist die Welt gekränkt, schwer gekränkt, schwer gekränkt, schwerer, als wir selbst es wissen.

Dann wandte er den Blick wieder zum Scherenschleifer.

«Hast du ihm gesagt, wie wir leiden?» fragte er ihn.

«Ich hatte begonnen, es ihm zu sagen», erwiderte der Scherenschleifer.

Und der Mann Ezechiel: «Dann sag ihm, dass wir nicht um uns selber leiden.»

«Das weiss er», erwiderte der Scherenschleifer.

Und der Mann Ezechiel: «Sag ihm, dass wir selber nicht zu leiden haben, keine Krankheit auf dem Buckel, keinen Hunger, und dass wir trotzdem sehr leiden, ach sehr!»

Und der Scherenschleifer: «Das weiss er! Das weiss er!»

Und der Mann Ezechiel: «Frag ihn, ob er es wirklich weiss.»

Und der Scherenschleifer zu mir: «Nicht wahr, Ihr wisst es?»

Ich nickte. Und der Mann Ezechiel stand auf, klatschte in die Hände und rief: «Neffe Achill!»

Aus dem Dickicht des Geschirrs tauchte der Junge auf, der uns im Gang angestossen hatte. «Warum», fragte ihn der Mann Ezechiel, «bleibst du nicht hier, um unseren Reden zuzuhören?»

Der Junge war sehr klein, mit blonden Löckchen wie sein Onkel. «Ich habe zugehört, Onkel Ezechiel», antwortete er.

Der Mann Ezechiel billigte das und wandte sich wieder an den Scherenschleifer.

«Also», sagte er, «dein Freund weiss, dass wir um das Leid der gekränkten Welt leiden.»

«Das weiss er», sagte der Scherenschleifer.

Der Mann Ezechiel schickte sich an, zusammenzufassen: «Die Welt ist gross und schön, doch sie ist schwer gekränkt. Alle leiden, ein jeder um sich selbst, aber sie leiden nicht um die gekränkte Welt, und so bleibt die Welt weiterhin gekränkt.»

Er sah sich beim Sprechen um, und seine kleinen Äuglein schlossen sich vor Traurigkeit, dann blickten sie lebhaft auf den Scherenschleifer. «Und hast du unserem Freund gesagt», fragte er, «dass ich über die Leiden der gekränkten Welt schreibe?»

Tatsächlich lag etwas wie ein Schulheft auf dem winzigen Tischchen, und ein Tintenfass, eine Feder.

«Hast du's ihm gesagt, Calogero?» fragte er.

Der Scherenschleifer antwortete: «Ich war im Begriff, es ihm zu sagen.»

Und er sagte: «Gut, unserem Freund kannst du es sagen. Sag ihm, dass ich wie ein Einsiedler der alten Zeit meine Tage hier über diesen Blättern verbringe und die Geschichte der gekränkten Welt schreibe. Sag ihm, dass ich leide, aber schreibe, und dass ich von allen Kränkungen schreibe, der Reihe nach, aber auch von allen beleidigenden Gesichtern, die über die vollbrachten und noch zu vollbringenden Kränkungen lachen.»

«Messer, Scheren, Piken!» schrie der Scherenschleifer.

Der Mann Ezechiel legte dem Knaben die Hand auf den Kopf und zeigte auf mich. «Siehst du unseren Freund da?» sagte er. «Er leidet, so wie dein Onkel. Er leidet um das Leid der gekränkten Welt. Lerne, Neffe Achill, und jetzt pass auf den Laden auf, während ich mit ihm und Calogero ein Glas Wein bei Colombo trinken gehe.»

36

So stiegen wir wieder ins Freie empor, und die Luft war dunkel, die Ave-Maria-Glocken läuteten.

Der Scherenschleifer packte seine fahrende Werkstatt an den Stangen und begann sie vor sich herzustossen, zu marschieren, und ich marschierte mit ihm, der Mann Ezechiel marschierte zwischen uns, klein und mit kleinen Schritten, einen Schal um den Hals gewickelt.

Schwer gekränkt ist die Welt! Schwer gekränkt ist die Welt! sagten seine Augen, die voll Traurigkeit umherblickten. Dann hefteten sie sich auf die Karre des Scherenschleifers.

«Calogero, was hast du denn da an deiner Mühle?» fragte er, stehenbleibend.

«Was habe ich denn?» fragte der Scherenschleifer, gleichfalls stehenbleibend.

«Es ist ein Papier», sagte ich.

Und der Scherenschleifer stiess ein Gebrüll aus. «Verdammt nochmal! Schon wieder!»

«Schon wieder eine Busse?» fragte der Mann Ezechiel.

Und der Scherenschleifer brüllte: «Schon wieder!»

Er hob die Arme zum Himmel empor, vollführte zwei, drei närrische Luftsprünge, biss sich in die Hände und riss sich den Vogelscheuchenhut vom Kopf, schmiss ihn zu Boden. «Aber so etwas... So etwas...», sagte er.

«Zum drittenmal in einem Monat!» schrie er. «Scheren, Pfrieme, Messer, Piken und Hakenbüchsen! Mörser, Sensen und Hämmer! Kanonen, Kanonen, Dynamit und hunderttausend Volt!»

Da machte Ezechiel die Gebärde, mit der Josua der Sonne stillzustehen befahl.

Und der Scherenschleifer stand still.

«Freund», sagte der Mann Ezechiel.

«Ja, Freund», erwiderte der Scherenschleifer.

«Um was leiden wir?» fragte der Mann Ezechiel.

«Um was?» wiederholte der Scherenschleifer. «Um das Leid der gekränkten Menschheit.»

Und der Mann Ezechiel: «Also nicht um uns selbst. Um das Leid der gekränkten Welt. Nicht um uns selbst.»

Und der Scherenschleifer: «Nicht um uns selbst, versteht sich.»

Und er schwieg, packte seine Karre wieder an den Stangen und begann sie aufs neue vor sich herzustossen, und wir alle begannen wieder zu marschieren.

«Aber womit soll ich's bezahlen?» murmelte er.

Dann schien er etwas Beunruhigendes zu vernehmen und blieb wieder stehen und stand lauschend, während er seine Karre rüttelte.

«Ich höre das Geld nicht klappern», sagte er.

Es war beinahe dunkel, allerletztes Abenddämmern, und seine Augen funkelten wie scharfgeschliffene blanke Messerklingen in der Schwärze des Gesichts. Er öffnete die kleine Lade, guckte hinein, öffnete sie noch weiter, zog die Lade ganz hervor, stülpte sie um. Nichts fiel heraus, und der Mann Ezechiel sagte: «Denk daran, dass wir nicht um uns selber leiden, sondern um das Leid der gekränkten Welt.»

«Ich denke dran», murmelte der Scherenschleifer.

Und der Mann Ezechiel fragte: «Wieviel war es?»

Der Scherenschleifer antwortete: «Brot und Wein und Gebühren, zwei-dreissig und zwei-dreissig und zwei-dreissig, ein ordentlicher Arbeitstag.»

«Schön», sagte der Mann Ezechiel, «den

Wein wirst du jetzt mit mir bei Colombo trinken, und das Brot kann ich dir, wenn du erlaubst, heut abend an meinem Tisch anbieten.»

«Ja», fiel der Scherenschleifer ein, «und mein Kopf ist vom ehrwürdigen Hut meines Grossvaters bedeckt, meine Schultern schützt die gebenedeite Jacke meines Vaters, meine Scham verhüllen die Hosen des Pfarrers Orazio, und meine Füsse... Viel Güte ist unter den Menschen, viel Güte, und ein Dach habe ich im warmen Stall bei den Kühen von Gonzales. Wozu arbeitet man in drei Berufen? Um von mildtätigen Gaben zu leben, wie der Herr Jesus es befohlen hat.»

«Aber, Junge», sagte der Mann Ezechiel, «bedenke, dass vielleicht ein armer Landstreicher dein Geld genommen hat. Vielleicht hatte er lange nichts gegessen und getrunken. Du musst dich freuen, dass du ihm die Möglichkeit gegeben hast, seinen Hunger und seinen Durst zu stillen.»

Der Scherenschleifer verharrte in Schweigen und begann wieder seine Karre zu stossen und seufzte im Gehen. Dann sprach er im Gehen.

«Richtig!» sagte er. «Richtig! Nicht dies sind die Kränkungen der Welt, um die wir leiden dürfen. Das sind nur Kleinigkeiten unter den Armen der Welt. Ach, Messer! Ach, Scheren! Da gibt es ganz andere Dinge auf der Welt, die die Welt kränken!»

«Ganz andere Dinge!» murmelte der Mann Ezechiel.

«Ganz andere Dinge! Ganz andere Dinge!» schrie der Scherenschleifer. «Und die Kleinigkeiten sind nur Kleinigkeiten, kleine Scherze zwischen Mensch und Mensch innerhalb des Kreises dieser Welt! Wer seinem Nächsten niemals einen kleinen Streich gespielt hat, werfe den ersten Stein... Ich selber habe heut unserem Freund einen gespielt!»

«Ach ja?» rief der Mann Ezechiel und lachte.

«Ja, ein Zwei-Soldi-Streichlein», sagte der Scherenschleifer und lachte auch.

Auch ich lachte, und das Streichlein wurde erzählt, und wir lachten zu dritt wie Kinder, die gut Freund sind.

«Immerhin, der Landstreicher hätte mir wenigstens das Geld für die Gebühren lassen können», sagte der Scherenschleifer.

Er hörte zu lachen auf, und seine Augen leuchteten wie das Blanke von explosiven Messern.

«Ach, Pfrieme!» brüllte er. «Und wenn dieser Landstreicher der gleiche Gendarm und Hundefänger in Person wäre, der mir die Busse aufgebrummt hat? Es ist nicht das erste Mal, dass meine Tageseinnahme verschwindet, just wenn der Bussezettel erscheint!»

Der Mann Ezechiel packte ihn am Arm und hielt ihn fest. «Ein Zufall!» sagte er. «Nicht von dieser Art sind die Kränkungen der Welt, um die wir leiden.»

37

Klar war die kalte Luft, und die Glocken flogen nicht mehr durch den Himmel, sie schwiegen in ihrem Nest. Doch man konnte noch die Farben der Gegenstände in der kleinen Gasse unterscheiden, ich sah etwas und rief: «Schaut! Eine Fahne!»

«Fahne?» sagte der Scherenschleifer.

Und der Mann Ezechiel: «Was für eine Fahne?»

«Dort an der Tür», sagte ich.

Und der Mann Ezechiel: «Das ist doch Porfirio! Der Tuchhändler!»

Meine zwei Gefährten lachten, und ich erinnerte mich, dass es in Sizilien Brauch war, die Stoffgeschäfte durch ein Stück Stoff zu bezeichnen, das aussen an der Tür hängt. Es kam nicht auf seine Farbe an; es konnte grün sein, es konnte gelb sein, es konnte blau sein; wo ein Stück Stoff draussen hing, zeigte es an, dass Stoffe verkauft wurden. Hier war das Zeug rot, und der Scherenschleifer sagte, zu mir gewandt: «Porfirio hat übrigens eine halbe Schere.»

«Ach ja?» sagte ich.

«Ja, ja», sagte der Scherenschleifer, «und manchmal, wenn es mir unangenehm ist, den Ezechiel ständig wegen seines Pfriems zu belästigen, lasse ich mir die Schere von Porfirio geben.»

Hier schlug Ezechiel vor: «Vielleicht wäre es angebracht, unseren Freund mit Porfirio bekanntzumachen.»

«Ja, vielleicht», sagte der Scherenschleifer.

Sie führten mich hinein, und die Karre mit dem Schleifstein blieb wieder auf der Strasse; der Laden war nicht tief, es war eine Art Nische, und die Stoffe waren in hohen Stössen auf ein paar Stühlen ganz nah bei der Tür aufgestapelt.

«Bitte, tretet ein», forderte uns eine helle Stimme aus der Dunkelheit auf.

«Guten Abend», grüssten beide. «Guten Abend.»

Und die Stimme fuhr fort: «Guten Abend. Ich wollte gerade schliessen.»

«Und das Zeug lasst Ihr draussen?» fragte der Scherenschleifer.

«Nein, ich wollte es jetzt hereinholen», antwortete die Stimme.

Und der Mann Ezechiel sagte: «Heut ist es wieder rot.»

Und die Stimme: «Ja, ich hänge schon eine Weile Rot hin. Aber morgen ändere ich es in Türkisblau ab.»

Und der Mann Ezechiel: «Gewiss! Die Welt ist mannigfaltig!»

Die Stimme: «Mannigfaltig! Schön! Gross!»

«Und sie ist schwer gekränkt, schwer gekränkt!» murmelte der Mann Ezechiel.

Da sagte der Scherenschleifer: «Erzähl ihm von unserem Freund, Ezechiel.»

«Welcher Freund?» fragte die Stimme.

Eine menschliche Gestalt bewegte sich im Dunkeln hinter der Stimme, und es schien, als bewege sich die ganze Dunkelheit: sie war riesenhaft. Aus dieser Masse Mensch, die zu mir in die Helligkeit der Tür trat, fragte die schöne, warme Stimme wieder: «Welcher Freund? Dieser Herr da?»

«Dieser Herr», antwortete der Mann Ezechiel. «So wie du, Porfirio, und wie der Scherenschleifer Calogero, wie ich, wie sicherlich viele andere auf der Erdoberfläche, ist er einer, der um das Leid der gekränkten Welt leidet.»

«Ah!» rief der riesenhafte Mann.

Er trat noch näher an mich heran, und eine laue Brise, sein Atem, verwirrte mir das Haar auf der Stirn. «Ah!» rief er wieder.

Seine grosse Hand senkte sich herab, suchte die meine und umschloss sie mit einem festen Druck, der trotz allem sanft war. «Es ist mir ein Vergnügen», sagte er über meinem Kopf. Und zu den anderen gewendet, fragte er: «Er leidet, sagt Ihr?»

Wie ein warmer Schirokko war sein Atem in meinem Haar, und während er meine Hand noch immer mit sanfter Kraft festhielt, wiederholte der Mann: «Es ist mir ein Vergnügen.»

«Bitte», antwortete ich. «Keine Ursache.»

«Oh!» sagte der Mann. «Durchaus. Ich bin hochgeehrt.»

Und ich: «Die Ehre ist auf meiner Seite.»

Und der Mann: «Nein, ganz meinerseits, Signore.» Und wieder zu den anderen gewandt, während meine Haare in seinem Atem flatterten, fragte er nochmals: «Er leidet also?»

«Ja, Porfirio», antwortete der Mann Ezechiel. «Er leidet, und nicht um sich selbst.»

«Nicht um die Kleinigkeiten der Welt», erklärte der Scherenschleifer. «Nicht weil sie ihm eine Busse vorgeschrieben hätten, nicht weil er versucht hätte, seinem Nächsten einen kleinen Streich zu spielen...»

«Nein», sagte der Mann Ezechiel. «Er leidet um das allgemeine Leid.»

Und der Scherenschleifer sagte: «Um das Leid der gekränkten Welt.»

In der Dunkelheit berührte der Riese Porfirio jetzt meinen Kopf, mein Gesicht, und rief wieder aus: «Ah!» Dann sagte er: «Ich verstehe und würdige.»

«Scheren und Messer!» brüllte da der Scherenschleifer.

«Scheren?» wiederholte der Mann Porfirio leise. Er war eine dunkle Masse, mit einer Wärme, die irgendwo von ihm ausging, um wie ein wohltuender Golfstrom zwischen uns zu kreisen, mit Wind am Gipfel und mit sanfter, tiefer Stimme. «Messer?» wiederholte er. Und sanft, tief, sagte er: «Nein, Freunde. Keine Messer, keine Scheren, nichts von alldem braucht es, sondern lebendiges Wasser.»

«Lebendiges Wasser?» murmelte der Scherenschleifer.

«Lebendiges Wasser?» murmelte auch der Mann Ezechiel.

Und der Mann Porfirio fuhr fort: «Ich hab' es euch tausendmal gesagt und sage es euch wieder. Nur das lebendige Wasser kann die Kränkungen der Welt abwaschen und den Durst der gekränkten Menschheit stillen. Doch wo ist lebendiges Wasser?»

«Wo es Messer gibt, gibt es lebendiges Wasser», sagte der Scherenschleifer.

«Wo es Leid um die Welt gibt, gibt es lebendiges Wasser», sagte der Mann Ezechiel.

Jetzt waren wir in die Nacht eingetaucht, und die Stimmen senkten sich, niemand hätte uns hören können. Wir standen dicht beieinander und steckten die Köpfe zusammen, und der Mann Porfirio war wie ein ungeheurer schwarzer Bernhardinerhund, der uns alle und sich selber in der Wärme seines Fells geborgen hielt. Lange sprach er vom lebendigen Wasser; und es sprach der Mann Ezechiel, es sprach der Scherenschleifer. Und die Worte waren Nacht in der Nacht, und wir waren Schatten; ich glaubte in eine Geisterversammlung geraten zu sein. Dann erhob sich die Stimme des Mannes Porfirio: «Gehen wir. Ich lade euch auf ein Glas Wein bei Colombo ein», sagte er. Und er nahm das Tuch, das an der Tür hing, herunter, schloss ab und führte uns, in seinen warmen Strom gehüllt, die Gasse entlang.

38

Erst bei Colombo drinnen nahm er Umrisse und Farben an. Er zeigte sich, zwei Meter hoch und einen Meter breit, in braunes Fell gekleidet, den Kopf voller Haar, jeweils eines weiss und eines schwarz, mit blauen Augen, hellbraunem Bart und roten Händen: wahrhaftig ein grosser Bernhardiner mit gütigem Blick.

«Salute, Colombo!» sagte er beim Eintreten.

Auch die Karre des Scherenschleifers kam mit uns herein, und das Lokal war mit Azetylen beleuchtet, und Männer sangen: *«E sangue di Santa Bumbila»*.

Colombo hinter seiner Theke war ein Mann, der ein gelbes Tuch nach Piratenart um den Kopf geschlungen hatte. «Olé», antwortete er.

Und der Mann Ezechiel sagte: «Wein. Diese Herren sind meine Gäste.»

«Deine?» protestierte der Mann Porfirio sanft. «Ich habe alle eingeladen.»

Die Männer, die sangen, sassen auf einer Bank an der Mauer, ohne Tisch davor, und hielten kleine Blechbecher in der Hand; beim Singen wiegten sie alle Kopf und Rumpf im gleichen Takt hin und her.

«Aber ich hatte sie vorher eingeladen», erklärte Ezechiel.

«Da ist der Wein», sagte Colombo und stellte vier randvolle Becher auf die Theke. Dann fügte er lächelnd hinzu: «Das kann die Einladung von Signor Ezechiel sein. Und nachher kann die Einladung von Signor Porfirio stattfinden.»

«Natürlich», sagte der Mann Ezechiel.

«Ich verstehe und würdige», sagte der Mann Porfirio. Und er hob seinen Becher. «Hochgeehrt.»

Der Mann Ezechiel verneigte sich. Auch ich verneigte mich. Und der Scherenschleifer schrie: «Hoch!»

Mitten in dem Lokal ohne Tische brannte ein Kohlenbecken, und zwei bäurische Burschen kauerten davor und wärmten sich die Hände. Colombo schenkte aus einem Fass ein, füllte neue Becher, und die Männer wiegten sich leise singend auf der Bank, und aus dem Fussboden, den Wänden, der dunklen Wölbung quoll der jahrhundertealte Geruch von Wein, auf Wein gehäuft. Die ganze Vergangenheit des Weines im Menschen war rund um uns gegenwärtig.

«Hoch was?» fragte der Mann Ezechiel.

«Hoch das hier!» erwiderte der Scherenschleifer, seinen Becher hebend.

«Das hier?» sagte der Mann Porfirio. «Was ist das hier?»

Er trank, und alle tranken, auch ich trank, und die Becher klangen leer auf dem nassen Zinkblech der Theke. Colombo kam mit frischem Wein vom Fass.

«Welt!» schrie der Scherenschleifer. «Erde, Wald und Zwerge des Waldes; schöne Frau, Sonne, Licht, Nacht und Morgen. Honigrauch, Liebe, Freude und Mühsal; und Schlaf ohne Kränkung, Welt ohne Kränkung!»

«E sangue di Santa Bumbila», sangen heiser die Männer auf der Bank.

Wir waren beim zweiten Becher, das Kinderlied fand die Luft und die Wände taub.

«Ich glaube nicht», sagte der Mann Porfirio.

«Und dennoch», sagte der Mann Ezechiel.

«Nein, es braucht lebendiges Wasser», sagte der Mann Porfirio.

«Olé, lebendiges Wasser!» rief Colombo, der Wirt. «Hier ist lebendiges Wasser! Ist das kein lebendiges Wasser? Da habt ihr, Leute: Freude, Leben, lebendiges Wasser!»

Der Mann Porfirio schüttelte den riesigen Kopf, doch er trank, und alle tranken, auch ich trank, und die beiden Tölpel neben dem Kohlenbecken tranken mit ihren gierigen Augen, die Männer auf der Bank sangen in die leergetrunkenen Becher hinein.

«Bäume und frische Feigen, Piniennadeln», fuhr der Scherenschleifer fort. «Sterne in den geehrten Herzen, Myrrhe und Weihrauch, Sirenen aus der Meerestiefe; freie Beine, freie Arme, freie Brust, Haar und Fell im Winde frei, Lauf und Kampf frei, uh! Oh! Ah!»

«Ah aaah! Ah aaah! Ah aaah?» sangen die Männer auf der Bank. «Ah! Ah!» sagten die zwei, die neben dem Kohlenbecken sassen. Noch andere Männer traten ein. Colombo rief «Olé!» und schenkte Wein ein, und auch er trank, und unter der dunklen Wölbung war nichts als der nackte Wein von Jahrhunderten und nackte Menschen in der ganzen Vergangenheit des Weins, nackter Dunst von modrigem Wein, Nacktheit des Weines.

«Trinkt, Freund!» sagte der Scherenschleifer und reichte mir den dritten Becher.

Da bemerkte der Mann Porfirio: «Unser Freund ist hier fremd.»

«Ja, er ist hier fremd», bestätigte der Mann Ezechiel.

«Calogero hat ihn als erster kennengelernt.»

«Er hat eine Klinge!» schrie der Scherenschleifer. «Er hat das lebendige Wasser. Er leidet um die gekränkte Welt, und die Welt ist schön, die Welt ist Vogel und hat Milch, Gold, Feuer, Donner und Überschwemmung. Lebendiges Wasser dem, der das lebendige Wasser hat!»

«Das ist das lebendige Wasser, Leute», sagte Colombo. Und auch er trank, auch er war nackt in der Nacktheit des Weins, er war der Zwerg von den Weinquellen.

«Ich bin nicht gar so fremd hier», antwortete ich dem Mann Porfirio.

«Nicht gar so fremd?» fragte der Mann Ezechiel.

«Wieso nicht gar so fremd?» fragte der Mann Porfirio.

Während ich langsam aus meinem dritten Becher trank, erklärte ich, wieso ich hier nicht gar so fremd wäre, und die kleinen Äuglein des Mannes Ezechiel glänzten vor Genugtuung.

«Ah! Sieh mal an!» rief der Mann Porfirio.

«Wusstet ihr nicht, dass er ein Sohn der Ferrauto ist?» sagte der Zwerg Colombo.

Und der Scherenschleifer schrie: «Die Ferrauto hat viele Messer. Hoch die Ferrauto!»

Alle waren auf dem Grund des dritten Bechers angelangt, nur ich war erst bei der Hälfte, und der Scherenschleifer schüttete ihn mir aus, auf den Fussboden, er sagte, ich müsse den vierten mit ihnen zusammen haben.

«Ich kannte Euren Grossvater», sagte der Mann Porfirio.

«Wer kannte ihn nicht?» schrie der Scherenschleifer. «Er hatte das lebendige Wasser.»

«Ja», sagte der Mann Porfirio. «Er kam mit mir her, wir haben miteinander getrunken...»

«Er war ein grosser Trinker», bemerkte Colombo, der Zwerg.

Auf der Bank an der Wand sangen die Männer jetzt voll Schwermut *«E sangue di Santa Bumbila»,* sie sangen immer noch und wiegten den Kopf, den Rumpf, sie waren traurig nackt im Mutterschoss der Nacktheit des Weines.

«Auch er hat um die gekränkte Welt gelitten», sagte der Mann Ezechiel.

«Gekränkte Welt? Welche gekränkte Welt?» schrie der schamlose Weinzwerg.

«Und auch Euren Vater kannte ich», sagte der Mann Porfirio.

«Wir waren Freunde», fügte der Mann Ezechiel hinzu. «Er war Dichter und Shakespeare-Schauspieler. Macbeth, Hamlet, Brutus... Einmal gab er uns eine Vorstellung.»

«Ah, ein grossartiger Anlass!» schrie der Scherenschleifer. «Messer und Dreizack! Glühendes Eisen!»

Alle tranken vom vierten Becher, nur ich hielt den meinen noch unberührt in der Hand, während ich beim Wein von meinem Vater hörte.

«Wir kamen hierher, um miteinander zu trinken», sagte der Mann Porfirio.

Und der schamlose Kobold bemerkte: «Hier war die Vorstellung. Er kam in einem roten Mantel, und mir sagte er, ich wäre der König von Dänemark.»

«Mir sagte er, ich wäre Polonius», murmelte der Mann Ezechiel demütig. Dann fügte er hinzu: «Auch er hat viel gelitten um die gekränkte Welt!»

Hier schrie der Scherenschleifer wieder: «Hoch!»

Und der Mann Porfirio fragte wieder: «Hoch was?»

«Hoch! Hoch!» schrie der Scherenschleifer.

«Hoch!» schrie ein Betrunkener.

«Hoch!» schrie ein anderer Betrunkener.

«Hoch!» murmelte der Mann Ezechiel demütig.

«Und hoch, hoch, hoch!» sangen auf der

Bank die traurigen Männer, die sich hin und her wiegten. So blieben sie, leidend um ihr eigenes Unglück und leidend um das Leid der gekränkten Welt, im nackten Grabgewölbe des Weines beisammen und mochten wie Geister sein, die endlich diese Welt der Leiden und Kränkungen verlassen haben.

Auf dem Erdboden neben dem Kohlenbekken sassen die beiden Burschen ohne Wein und weinten.

39

«Noch einen Becher für mich und meine Freunde!» befahl der Mann Porfirio.

Er hatte den riesigen Pelz, in dem er lebte, aufgeknöpft, er liess seine Gliedmassen sehen; und der Mann Ezechiel hatte sich aus seinem Schal gewickelt. «Es wird der letzte Becher sein», sagte der Mann Porfirio, «aber ein Becher soll es noch sein.»

Er hatte schon sechs Becher getrunken. Ezechiel und der Scherenschleifer hatten fünf getrunken, ich war immer noch bei meinem vierten, der fast voll war. Riesenhaft, rot an Händen und Gesicht, weiss und hellbraun an Bart, weiss und schwarz an Haaren, thronte er in diesem Untergrund des Weins. Er war ein Mensch, er gehörte dem Wein nicht an wie Colombo, der Kobold, sondern er war ein grosser König und Eroberer, der hier in seiner ausserweltlichen Eroberung, im Wein, lebte. Dennoch leugnete er, dass der Wein lebendiges Wasser wäre, und vergass nicht der Welt. «Täuscht euch nicht, täuscht euch nicht», sagte er.

«Was?» sagte der Scherenschleifer.

Und der Mann Ezechiel liess seine kleinen

Äuglein in einer plötzlichen Bestürzung umherschweifen. Nein! schienen seine Äuglein zu brüllen. Und da versicherte der Mann Porfirio, die rote Hand fest um den Griff des siebenten Bechers geschlossen, wo es Wein gäbe, gäbe es keine Kleinigkeiten der Welt mehr.

«Aber die Kränkungen der Welt? All die schrecklichen Kränkungen der Menschheit und der Welt?» fragte der Mann Ezechiel.

Ich, wie gesagt, war immer noch beim vierten Becher. Beim ersten Schluck daraus hatte mich etwas zurückgehalten, und ich konnte nicht mehr trinken, ich wagte nicht tiefer in die erdenlose Nacktheit des Weines einzudringen.

«Trinkt, Freund», spornte mich der Mann Porfirio an.

Ich versuchte es und nahm einen Schluck zwischen die Lippen, und der Wein an sich schien gut, so zwischen den Lippen, dennoch konnte ich nicht trinken; mit der ganzen menschlichen Vergangenheit in mir fühlte ich, dass dies kein lebendiger, aus dem Sommer und der Erde gepresster Saft wäre, sondern etwas Trauriges, ein trauriges gespenstisches Ding, aus den Höhlen der Jahrhunderte gekeltert. Und was sonst konnte es in einer ständig gekränkten Welt sein? Generationen um

Generationen hatten getrunken, hatten ihren Schmerz in den Wein gegossen, im Wein die Nacktheit gesucht, und eine Generation trank von der anderen, trank von der Nacktheit des düsteren Weins vergangener Generationen und von dem ganzen hineingegossenen Schmerz.

«E sangue di Santa Bumbila», sangen die traurigen Männer auf der Bank.

Jetzt hielt jeder im Raum den Kopf gesenkt, ein jeder war traurig. Der Scherenschleifer war traurig mit explosivem Blick, Ezechiel war traurig mit erschrockenem Blick, er sah sich um in der panischen Angst, die Gestalten der gekränkten Welt zu erblicken.

Er war für meinen shakespearischen Vater Polonius gewesen. Und der Mann Porfirio? Was konnte der Mann Porfirio für meinen Vater Hamlet gewesen sein? Er war der einzige Heitere, weil er sich als einziger nicht hatte täuschen lassen, und dennoch trug er eine schwere Verantwortung. Er sah uns an, mich, den Ezechiel, den Scherenschleifer und die an der Theke stehenden Betrunkenen, die beiden Burschen, die vor dem Kohlenbecken auf dem Boden sassen und weinten, die Männer auf der Bank, die sangen. Traurig wiegten sie, auf der Bank singend, den Kopf, und es schien, als wiegten sie ihn, wie manche ihn beim Weinen hin und her wiegen, und ihr Gesang war ein heiseres Klagelied... Lange betrachtete der Mann Porfirio sie, dann betrachtete er wieder den Ezechiel, mich, den Scherenschleifer, er betrachtete die beiden weinenden Burschen, die den ganzen Abend nichts getrunken hatten, und ich dachte, er wäre vielleicht bestürzt, dass er uns, so viele Männer, in seinem Gefolge in diese Düsternis seiner unterirdischen Eroberung mitgeschleppt hatte. Doch statt dessen war er heiter und sonderte sich in einer übernatürlichen Verbindung mit dem Kobold Colombo ab.

Er sah niemanden mehr an, und sein Gesicht lachte, er sah nichts vor sich als die nackte Glückseligkeit von Colombo, dem Kobold des Weins. Und er ruhte, obschon er stand, im Mutterschoss des Weins und lag nackt in seligem Schlaf, er war der lachende Schläfer aus uralter Zeit, der die Jahrhunderte des Menschen verschläft, der Vater Noah des Weines.

Ich erkannte ihn und stellte den Becher hin. Das war es nicht, woran ich hätte glauben wollen, darin lag keine Welt. Und ich ging, ich überquerte das Gässchen, ich kam zu dem Haus, wo meine Mutter wohnte.

40

Das Haus stand am Rand des Dächerhanges, der sich zum Tal hinabsenkte. Ich stieg das Treppchen aussen hinauf, ich stand auf der Schwelle. Ich wusste, dass es mir recht gewesen wäre, nicht hineingehen zu müssen, nicht Essen und Lager suchen zu müssen, dass ich lieber im Zug gesessen wäre, und ich blieb stehen.

Die Kälte war durchdringend, und unten in der Tiefe waren Lichter zu sehen, in der Höhe auch, in kleinen Gruppen zu vier oder fünf verstreut; und die Luft war blau. Am Himmel funkelte das Eis eines grossen verlassenen Sterns.

Es war Nacht über Sizilien und der stillen Erde; die gekränkte Welt war von Dunkelheit bedeckt, die Menschen hatten sich mit Lichtern in ihre Stuben eingeschlossen, und die Toten, alle Getöteten, hatten sich in den Gräbern aufgesetzt und sannen nach. Ich dachte, und die grosse Nacht war in mir Nacht auf Nacht. Die Lichter in der Tiefe, in der Höhe, und die Kälte in der Dunkelheit, das Eis des Sternes am Himmel, das war nicht eine einzige Nacht, es waren unendlich viele; und ich dachte an die Nächte meines Grossvaters, die Nächte meines Vaters und die Nächte Noahs, an die Nächte des Mannes, nackt im Wein und wehrlos, gedemütigt, weniger Mann als ein kleines Kind oder ein Toter.

Fünfter Teil

41

Da kam es mir in den Sinn, dass der Name der nächsten Gasse, *Belle Signore,* für Sizilien etwas sehr Nächtliches an sich hatte: gemeint waren die Geister.

Nackt und wehrlos geworden, ging der Mann in die Nacht hinein und begegnete den Geistern, den Bösen Schönen Damen, die ihn belästigten und verspotteten und sogar misshandelten, sämtlich Trugbilder menschlicher Taten, die Kränkungen der Welt und der Menschheit, die aus der Vergangenheit aufstiegen. Nicht etwa die Toten, sondern Trugbilder, Gespenster; Dinge, die nicht der irdischen Welt angehörten. Und der Mann, den der Wein oder etwas anderes wehrlos gemacht hatte, fiel ihnen gewöhnlich zur Beute.

Er sagte: die Könige, die Helden. Und er liess sein freies Gewissen überwältigen, nahm die alten Kränkungen als Ruhmestaten hin.

Mancher hingegen, Shakespeare oder mein shakespearischer Vater, bemächtigte sich ihrer und drang in sie ein, störte in ihnen Schlamm und Wahn auf und zwang sie, die Schuld zu bekennen, um den Menschen zu leiden, um den

Menschen zu weinen, für den Menschen einzutreten, zu Symbolen der menschlichen Befreiung zu werden. Mancher im Wein und mancher nicht. Ein grosser Shakespeare in der Reinheit seiner Nächte furchtloser Betrachtung und mein kleiner Vater in der närrischen Dunkelheit seiner vom Wein gesteigerten Nächte.

Das war das Schlimme für meinen Vater, dass er in seinem Wein nackt und närrisch wurde, der arme Mensch. Ein Noah, dessen Blösse es fromm zu bedecken galt, kein Mann der Zeichen und Wunder.

Ich jedenfalls wusste es nicht.

Die Nacht kam, von uns lange am Fenster erwartet, und ergriff Besitz von dem runden Land, ohne Baum, ohne Blatt. Mein Vater erschien, bereits für die Vorstellung angekleidet, es erschienen seine Leute.

«Fertig?» fragte er. Und er nahm sein Bahnmeisterhorn von der Wand.

Ohne Lärm und Krach bestiegen wir den Rollwagen, wir vom Hamlet. Meine Mutter nahm in der Mitte Platz, auf einem Stuhl, wir hockten um ihre Füsse herum, und mein Vater manövrierte vom Bug aus, während die zwei Männer hinten schoben. So lief der Rollwagen:

bei Tag im Dienst der Streckenarbeiter, nachts für Hamlet. Die beiden Männer schoben einen Augenblick lang; als es dann bergab ging, sprangen auch sie auf; und es wurde nicht mehr gesprochen, der Wagen rollte von selbst, auf einen Bahnhofwartesaal zu, wenn es Winter war, und im Sommer zu irgendeinem Eisenbahnterrain, wo die Vorstellung im Freien stattfand, zwischen den Schnittern, die vom Getreide kamen, und zwischen Feuern, zwischen Schreien, mit meinem besessenen Vater auf einer Bühne aus Bahnschwellen.

Ach, die Nacht damals!

Von den Parallelkreisen der Erde her bellten die Hunde an den Horizonten; und die sieben unsichtbaren Himmel, die Gebirge der Milchstrasse, füllten sich mit Jasmin. Zehn, fünfzehn an Zahl waren die Sterne, wir aber atmeten den Duft von Millionen. Und zu Beginn hatte mein Vater in sein Horn gestossen.

Dann meldete sein Ohr etwas, und er schrie: «Wer da?»

Es war irgendein anderer Rollwagen auf der Strecke, ein Stück vor uns.

«Polonius», lautete die Antwort.

Oder auch: «Fortinbras.»

Oder: «Horatio.»

Und alle waren sie nackte, närrische Menschen, die sich kraft des Weines der Trugbilder, der Gespenster bemächtigten.

«O gekränkte Welt! Gekränkte Welt!» rief ich bei diesem Gedanken. Ich erwartete keine Antwort ausser einer Antwort meiner Erinnerung, indessen kam eine aus dem Erdboden, ein Stück unter mir. Eine Stimme sagte: «Hm!»

42

Noch irgendein Scherenschleifer, dachte ich. Ich blickte suchend hinunter und sah nichts. Da waren nur die gewöhnlichen Lichter in der kalten Stille.

«Was gibt's?» rief ich.

«Hm!» antwortete wieder die Stimme.

Ich blickte genauer hin, und da sah ich, dass die Lichter nicht die gewöhnlichen Lichter in den verschlossenen Stuben waren, wo die Menschen wohnten. Die schienen ausgelöscht zu sein. Die neuen brannten rötlich unter dem freien Nachthimmel, sie glichen Eisenbahnerlaternen, die man im Tal auf den Boden gestellt hätte. Doch ich suchte jenen, der «Hm!» gesagt hatte.

«Hm?» sagte ich. «Hm?»

«Hm! Hm! Hm!» antwortete die fürchterliche Stimme.

Ich beschloss hinunterzugehen, um sie zu suchen, und ging hinunter. Ich befand mich zwischen den Lichtern, die verlassenen Laternen glichen, ich sah, dass es Totenlämpchen waren. «Aha, ich bin auf dem Friedhof», sagte ich.

«Hm!» antwortete die Stimme.

«Wer seid Ihr?» fragte ich. «Seid Ihr der Totengräber?»

Die Stimme antwortete: «Nein, nein. Ich bin Soldat.»

Ich strengte mich an, etwas zu sehen, die Stimme klang ganz nahe; doch die Totenlämpchen verbreiteten keine Helligkeit. «Sonderbar!» sagte ich.

Der Soldat lachte: «Sonderbar?»

«Vielleicht haltet Ihr hier Wache?» fragte ich.

«Nein», sagte der Soldat. «Ich ruhe mich aus.»

«Hier zwischen den Gräbern?» rief ich.

«Es sind schöne, bequeme Gräber», sagte der Soldat.

Und ich sagte: «Vielleicht seid Ihr hergekommen, um an Eure Toten zu denken.»

«Nein», antwortete der Soldat. «Höchstens denke ich an meine Lebenden.»

«Aha!» sagte ich. «Wohl an Eure Liebste.»

Und der Soldat: «An alle ein bisschen. An meine Mutter und meine Brüder und meine Kameraden und die Kameraden meiner Kameraden und an meinen Vater in Macbeth.»

«An Euren Vater in Macbeth?» rief ich aus.

«Gewiss, Signore», antwortete der Soldat.

«Er pflegt die Königsrollen zu spielen, der Arme.»

«Wie ist das möglich?» rief ich.

«O ja!» sagte der Soldat. «Die denken, dass die Götter den Königen durchgehen lassen, was sie den gemeinen Wesen verbieten.»

«Aber wie ist das möglich?» rief ich wieder. «Auch mein Vater ist so...»

«Eben», bemerkte der Soldat. «So sind alle Väter. Und mein Bruder Silvestro...»

Ich brüllte beinah. «Euer Bruder Silvestro?»

«Warum schreit Ihr so?» fragte der Soldat. «Es ist doch nichts Aussergewöhnliches, einen Bruder Silvestro zu haben. Armer Junge.»

«Nein», antwortete ich. «Aber ich heisse Silvestro.»

«Nun und?» sagte der Soldat. «Es gibt wenig Namen und so viele Menschen.»

Ich fragte: «Ist Euer Bruder dreissig Jahre alt?»

«Nein, Signore», antwortete der Soldat. «Er ist ein Junge von elf oder zwölf Jahren. In kurzen Hosen, den Kopf voller Haare, und er ist verliebt. Er liebt, er liebt die Welt. Er ist wie ich in dieser Stunde...»

«Wie Ihr?» flüsterte ich.

«Ja», antwortete der Soldat. «Nichts kann

uns in unserer Liebe kränken, ihn, der ein Kind ist, und mich...»

«Und Euch – was seid Ihr?» flüsterte ich.

Der Soldat lachte. «Hm!» lachte er.

Ich streckte die Hand aus. «Wo seid Ihr?»

«Hier», sagte der Soldat.

Ich ging und suchte mit ausgestreckter Hand nach ihm, stiess aber auf nichts. Die Totenlichter ohne Helligkeit bildeten hinter meinem Rücken schon eine lange Strasse, und vor mir lagen noch viele ringsum. «Wo seid Ihr?» fragte ich wieder.

«Hier, hier», sagte der Soldat.

«Ach, dort auf der anderen Seite?» rief ich.

«Freilich», antwortete er. «Auf der anderen.»

«Wieso?» rief ich. «Links also?»

«Hm!» sagte der Soldat.

Ich blieb stehen. Ich war vielleicht ganz unten im Tal: die Totenlichter leuchteten jetzt, ohne Helligkeit zu verbreiten, auch über mir. «Also kurz und gut!» schrie ich. «Seid Ihr da oder seid Ihr nicht da?»

Der Soldat antwortete: «Gerade das frage ich mich bisweilen selber. Bin ich da, bin ich nicht da? Auf jeden Fall kann ich mich erinnern. Und sehen...»

«Was sonst noch?» fragte ich.

«Das genügt», sagte der Soldat. «Ich sehe meinen Bruder und möchte mit ihm spielen.»

«Ach!» rief ich. «Ihr möchtet mit einem elfjährigen Buben spielen?»

«Warum nicht?» antwortete der Soldat. «Er ist grösser als ich. Ich, ich bin sieben, wenn er elf ist.»

Ich schrie: «Was? Ihr seid ein Soldat von sieben Jahren?»

Der Soldat seufzte und sagte in vorwurfsvollem Ton: «Ich glaube, ich habe genug gelitten, um so weit zu kommen.»

«So weit?» sagte ich. «Soldat zu sein?»

«Nein», antwortete er. «Sieben Jahre alt zu sein. Mit meinem Bruder zu spielen.»

«Spielt Ihr gerade mit Eurem Bruder?» fragte ich.

«Ja, Signore», antwortete er. «Mit Eurer Erlaubnis spiele ich auch.»

«Auch?» bemerkte ich. «Was macht Ihr sonst noch?»

«Ich mache vieles», antwortete er. «Ich spreche mit einem Mädchen. Ich beschneide einen Weinstock. Ich bewässere einen Garten. Ich laufe...»

«Oh, Ihr vergesst, dass Ihr hier zwischen den Gräbern seid», sagte ich.

«Durchaus nicht», antwortete er. «Ich weiss genau, dass ich auch hier bin und dass nichts mich kränken kann... Was das betrifft, bin ich ruhig.»

«Kurz, Ihr seid glücklich», bemerkte ich.

Er seufzte wieder. «Wie kann ich glücklich sein? Ich liege seit dreissig Tagen auf einem Feld voll Schnee und Blut.»

«Aber was für Unsinn redet Ihr da?» rief ich.

Nun antwortete der Soldat mir nicht sofort, so dass ich einen Augenblick lang die grosse Stille hören konnte, die zwischen mir und ihm lag. «Hm!» machte der Soldat.

«Hm!» machte ich.

Und der Soldat: «Ihr habt recht. Entschuldigt. Ich habe bildlich gesprochen.»

Ich atmete erleichtert auf. Wieder streckte ich instinktiv die Hand aus. «Wo seid Ihr?»

«Hier», sagte der Soldat.

43

Wie beim ersten Mal suchte ich ihn ein paar Minuten lang, zur Rechten, zur Linken, dann gab ich es auf. «Es ist zu finster», sagte ich.

«Eben», antwortete er.

Und ich setzte mich auf ein Grab, mit dem Totenlicht neben mir.

«Setzen wir uns lieber.»

«Ja, das ist besser», antwortete der Soldat. «Um so mehr als wir jetzt die Vorstellung haben.»

«Die Vorstellung?» rief ich. «Welche Vorstellung?»

«Seid Ihr nicht zur Vorstellung gekommen?» fragte der Soldat.

Und ich: «Ich weiss nichts von einer Vorstellung.»

Und der Soldat: «Oh, setzt Euch, Ihr werdet sehen... Da kommen sie schon.»

Ich: «Wer kommt?»

Der Soldat: «Sie alle, Könige und Widersacher, Sieger und Besiegte...»

Ich: «Wirklich? Ich sehe niemanden...»

Der Soldat: «Das liegt vielleicht an der Dunkelheit.»

Ich: «Wozu geben sie dann eine Vorstellung?»

Der Soldat: «Das müssen sie tun. Sie gehören der Geschichte an.»

Ich: «Und was führen sie auf?»

Der Soldat: «Die Taten, durch die sie berühmt wurden.»

Ich: «Wie denn? Jede Nacht?»

Der Soldat: «Immer, Signore. Solange Shakespeare nicht alles in Verse bringt und die Besiegten rächt, den Siegern verzeiht.»

Ich: «Was denn?»

Der Soldat: «Ich habe es gesagt.»

Und ich: «Das ist doch schrecklich!»

Der Soldat: «Es ist fürchterlich.»

Ich: «Ich kann mir vorstellen, wie sehr sie leiden. Ein nicht geschriebener Caesar. Ein nicht geschriebener Macbeth.»

Der Soldat: «Und die Gefolgsleute, die Anhänger, die Soldaten... Wir leiden, Signore.»

Ich: «Ihr auch?»

Der Soldat: «Auch.»

Ich: «Aber wieso Ihr auch?»

Der Soldat: «Auch ich stelle etwas dar.»

Und ich: «Ihr stellt etwas dar? Stellt Ihr gerade jetzt etwas dar?»

Der Soldat: «Immer. Seit dreissig Tagen.»

Ich: «Aber habt Ihr nicht gesagt, dass Ihr mit Eurem elfjährigen Bruder spielt?»

Der Soldat: «Doch. Und ich spreche mit einem Mädchen, beschneide einen Weinstock, bewässere einen Garten...»

Ich: «Also?»

Der Soldat antwortete nicht.

«Also?» beharrte ich.

Der Soldat antwortete: «Hm!»

«Hm? Warum hm?» schrie ich.

Wieder antwortete der Soldat nicht.

«Hallo?» rief ich.

«Hallo!» antwortete der Soldat.

Ich: «Ich hatte Angst, Ihr wäret weggegangen.»

Er: «Nein, ich bin da.»

Ich: «Ich möchte nicht, dass Ihr weggeht.»

Er: «Ich gehe nicht weg.»

«Gut», sagte ich.

Und ich zögerte. Ich sagte noch einmal: «Gut.» Noch einmal zögerte ich. Noch einmal sagte ich: «Gut.» Schliesslich fragte ich: «Ist es eine hässliche Sache?»

«Herrje, und wie!» antwortete er. «Ein gefesselter Sklave, täglich qualvoller zerrissen auf dem Feld voll Schnee und Blut.»

«Ach!» schrie ich. «Und das stellt Ihr dar?»

«Genau», antwortete der Soldat. «Dieser Ruhm kommt mir zu.»

Ich sagte: «Und muss man sehr leiden?»

«Sehr», sagte er. «Millionenfach.»

Ich: «Millionenfach?»

Er: «Bei jedem gedruckten Wort, jedem gesprochenen Wort, bei jedem Millimeter Bronze, den man errichtet.»

Ich: «Bringt es Euch zum Weinen?»

Er: «Es bringt uns zum Weinen.»

«Aber trotzdem», sagte ich, «spielt Ihr mit Eurem Bruder und sprecht mit jenem Mädchen, macht all die anderen Dinge... Ist das kein Trost?»

«Ich weiss nicht», antwortete der Soldat.

«Genügt es nicht?» bemerkte ich.

«Ich weiss nicht», sagte der Soldat wieder.

Ich sagte: «Ihr verbergt mir etwas. Ich dachte, Ihr wäret ruhig, und nichts könnte Euch kränken...»

«So ist es», sagte der Soldat.

«Dann», schrie ich, «ist es nicht wahr, dass Ihr weint!»

«Herrje!» seufzte der Soldat.

In demütigem Ton fragte ich: «Kann ich nichts tun, um Euch zu trösten?»

Er antwortete wieder, er wüsste es nicht.

Und ich schlug vor: «Vielleicht eine Zigarette?»

Ich suchte in meiner Tasche nach den Zigaretten und fügte hinzu: «Sollen wir probieren?»

«Probieren wir», antwortete er.

Ich hielt ihm die Zigarette hin. «Da», sagte ich.

Doch die Zigarette blieb mir in der Hand. «Wo seid Ihr?» rief ich.

«Ich bin hier», sagte der Soldat.

Ich stand auf, tat einen Schritt vorwärts, noch einen Schritt, und hielt ihm ständig die Zigarette hin, doch ständig blieb mir die Zigarette in der Hand.

«Also wollt Ihr sie oder nicht?» schrie ich.

«Ich will, ich will!» antwortete der Soldat.

Ich schrie: «Dann nehmt sie doch!»

Der Soldat antwortete mir nicht.

«Nehmt! Wo seid Ihr?» schrie ich.

Der Soldat antwortete mir nicht mehr. Und ich fuhr fort, zu schreien, ich begann zu laufen, ich war nicht mehr im Tal, ich war wieder auf dem Treppenabsatz des Hauses meiner Mutter; ich sah, dass der Friedhof sehr weit unter mir lag, mitsamt seinen Lichtern.

44

Ich schlief die ganze restliche Nacht und vergass, doch als ich erwachte, war es noch nächtlich.

Kalte Asche hüllte Sizilien im Eis der Berge ein, und die Sonne war nicht aufgegangen, sie würde nicht mehr aufgehen. Es war Nacht ohne die Stille der Nacht, ohne den Schlaf; durch die Luft flogen Raben; von den Dächern, aus den Gärtchen knallte hin und wieder ein Schuss.

«Was ist los?» fragte ich meine Mutter.

«Mittwoch», antwortete meine Mutter.

Sie war ruhig, wieder mit ihrer Decke um die Schultern, mit den groben Männerschuhen an den Füssen, aber verschlossen, nicht zum Sprechen aufgelegt.

«Heut fahre ich wieder fort», sagte ich.

Meine Mutter zuckte die Achseln; sie sass da, die Asche, die Sizilien einhüllte, auf dem Haupt.

«Aber was ist los?» schrie ich.

Ich stand auf und ging auf den Treppenabsatz hinaus, und meine Mutter folgte mir langsam. Es war, als bewachte sie mich.

«Paff!» machte ein Gewehr.

«Auf was schiesst man?» fragte ich.

Meine Mutter war in der Tür stehengeblieben und blickte in die Höhe, wo die Raben flogen.

«Auf die?» fragte ich.

«Ja, auf die», antwortete meine Mutter.

Wieder knallte ein Schuss und zerriss die Asche der Luft, die Raben krächzten unverwundbar.

«Sie lachen», bemerkte ich.

«Ist dir dein Rausch noch nicht vergangen?» sagte meine Mutter.

Ich sah sie an; sie stand, wie gesagt, da, als bewachte sie mich.

«Hatte ich einen Rausch?» fragte ich.

«Weisst du es nicht einmal?» sagte meine Mutter. «Du bist genauso nach Hause gekommen wie dein Vater, wenn er einen Rausch hatte. Schwarz. Und du hast dich geradewegs auf mein Bett geworfen, so dass ich auf dem Sofa schlafen musste.»

Wieder knallte ein Schuss.

«Ich verstehe nicht, was mit euch los ist», fuhr meine Mutter fort. «Dein Grossvater sang und scherzte, wenn er getrunken hatte.»

Ein vierter Schuss stieg aus einem Garten

auf, ein fünfter folgte, doch die Raben flogen noch immer unverwundbar durch die Asche des hohen Himmels und wechselten nie die Flugbahn, und sie krächzten, sie lachten.

«Warum die Raben?» rief ich.

Jetzt war meine Mutter aufmerksam geworden, sie schaute hin und wartete, dass einer der Vögel herabfiele.

«Aber schiesst man wirklich auf die Raben?» fragte ich.

Ein sechster, ein siebenter Schuss ging daneben, und meine Mutter wurde ärgerlich.

«Es ist nutzlos. Sie treffen nicht», sagte sie.

Sie ging ins Haus hinein und kehrte im Laufschritt mit einer Doppelflinte zurück; auch sie begann zu schiessen.

«Paff! Paff!»

Doch nichts vermochte den unerreichbaren Flug der Raben zu ändern.

«Sie lachen», bemerkte ich.

«Paff! Paff! Paff!» antwortete meine Mutter.

Da erklang vom Fuss der Treppe die Stimme einer fetten Frau und verkündete meiner Mutter eine Nachricht, schrie ihr zwischen den Schüssen und den Raben zu: «Glückliche Mutter!»

45

Ohne ein Wort zu sagen, ging meine Mutter in die Küche hinein und setzte sich nieder.

Das Kohlenbecken brannte in der Mitte, und ganz langsam nahm sie die Feuerzange zur Hand, schüttelte sie, bewegte sie hin und her, stiess sie dann in die Asche und rührte ganz langsam die Glut um, dann stand sie auf und ging zum Herd, und ich dachte, sie hätte nichts verstanden.

«Isst du mit mir, bevor du wegfährst?» fragte sie.

«Wie du willst», antwortete ich. «Wie du willst.»

Ich dachte, sie hätte nichts verstanden, und ich wäre auch bereit gewesen, ihr etwas zuliebe zu tun, obwohl die Sizilienreise jetzt zu Ende war. Liebe alte Frau – glückliche Mutter! Sie fragte, ob ich mich mit einem Hering begnügte, wie am Tag vorher, oder ob ich gern ein bisschen Zichorie hätte. Sie fragte, ob ich inzwischen eine Tasse Kaffee wollte, und machte sich ans Kaffeekochen, und ich sah, wie sie um die Kaffeekanne und den Herd herum hantierte, ich sah, wie sie sich in ihre Arbeit einschloss, so wie jede Frau sich einschliesst, und zitterte um ihre Einsamkeit, um die meine, um die meines Vaters, um die meines Bruders, der im Krieg gefallen war.

«Um wieviel Uhr fährst du?» fragte sie.

Sizilien stand jetzt still, und ich litt darunter; ich antwortete, ich wollte rechtzeitig ankommen, um noch heute abend von Syrakus weiterzureisen. Sie mahlte den Kaffee und rechnete beim Mahlen an Zügen und Postwagen herum. Dann sagte sie: «Ich hoffe, dass wenigstens *du* nicht zu den Soldaten gehst.»

Da wusste ich, dass sie alles verstanden hatte. «Oh!» rief ich.

Und sie fügte hinzu: «Du wirst ein andermal wiederkommen.»

«Bist du froh, dass ich dich besucht habe?» fragte ich.

Und sie sagte: «Versteht sich. Es freut einen, mit seinem Sohn zu sprechen, nach fünfzehn Jahren...»

Sie war mit dem Mahlen fertig, und das Zischen von Wasser, das ins Feuer überlief, rief sie wieder zu ihrem Herd, zu all den Gegenständen ihrer Einsamkeit. Sie fuhr fort: «Die Jahre kommen und gehen, die Kinder kommen und gehen...»

Und da die Raben draussen vor dem Fenster schrien, sagte sie: «Diese Raben!»

«Aber was bringt sie hierher?» fragte ich.

Meine Mutter zuckte die Achseln. «Sie kommen immer wieder einmal.»

In der Stille, die darauf folgte, fragte ich: «Wer war es?»

Meine Mutter blickte auf die Dinge aus unserer Kindheit, die in der Küche herumstanden, und blickte in die Ferne, dann näher, noch näher, und antwortete: «Das war Liborio.»

«Ach, der dritte von uns?» sagte ich.

Und sie: «Er war noch nicht in die Welt hinausgegangen und war froh, als er einberufen wurde. Er hat mir Ansichtskarten aus allen möglichen Orten der Welt geschickt, die er gesehen hat. Drei im vorigen Jahr, zwei in diesem. Schöne Städte! Die werden ihm gefallen haben.»

«Waren es die Städte aus dem Krieg?» bemerkte ich.

«Ich glaube», antwortete sie.

«Und er war froh?» schrie ich.

Ich schrie es wahrhaftig, dann fügte ich hinzu: «Eine glänzende Idee für den Jungen!»

Meine Mutter sagte: «Denk aber jetzt nicht schlecht von ihm.»

«Schlecht?» schrie ich. «Was fällt dir ein? Er war wohl ein Held.»

Meine Mutter sah mich an, als spräche ich mit Bitterkeit. «Nein!» sagte sie. «Er war ein armer Junge. Er wollte die Welt sehen. Er hat die Welt geliebt.»

«Warum schaust du mich so an?» schrie ich. «Er war tapfer. Er hat Eroberungen gemacht. Er hat gesiegt.»

Noch lauter schrie ich: «Und er ist für uns gestorben. Für mich, für dich, für alle Sizilianer, damit das alles fortdauert, dieses Sizilien, diese Welt... Er hat die Welt geliebt!»

«Nein!» sagte meine Mutter. «Nein! Er war mit dir zusammen ein Kind. Du warst elf Jahre alt, er sieben. Du...»

«Gib mir endlich den Kaffee!» schrie ich.

«Ja», antwortete meine Mutter.

Sie goss eine Tasse ein und brachte sie mir. Während sie sie auf den Tisch vor mich hinstellte, fügte sie hinzu: «Ich denke, ich hätte ihn auch sonst nicht wiedergesehen. Armer Junge! Er hat die Welt geliebt!»

46

Ich sah, wie sie sich in diesen Gedanken verschloss; der arme Junge, der die Welt liebte; und wie sie über die Sehnsucht jedes Jungen nachsann: die Welt kennen, durch die schönen Städte schweifen, Frauen begegnen. Ich trank unterdessen den Kaffee, meine Mutter sah mich an, als machte ich ein sehr seltsames Gesicht; als tränke ich zum Beispiel meinen Kaffee mit Bestürzung und Wut. Tatsächlich glaube ich, dass ich gegen ihren Gedanken vom armen Jungen protestierte und gegen meine Idee von den sieben Jahren. Ich wollte nicht, dass ein Soldat sieben Jahre alt wäre. So rief ich mit wirklicher Bestürzung oder wirklicher Wut: «Zum Teufel!»

Meine Mutter setzte sich wieder auf den Stuhl, der beim Kohlenbecken stand, und sagte sehr leise: «Nur eins verstehe ich nicht. Warum hat die Dame mich ‹glücklich› genannt?»

Prompt sagte ich: «Das ist doch klar. Weil sein Tod dir zur Ehre gereicht.»

Und sie: «Sein Tod gereicht mir zur Ehre?»

Und ich: «Sterbend hat er sich Ehre errungen.»

Wieder sah sie mich an, als spräche ich mit Bitterkeit. Überdies lag etwas Beharrliches in ihrem Blick, das sich verstärkte, sobald er mich traf: ein Verdacht, ein Vorwurf. Vorwurfsvoll sagte sie: «Und das ist mein Glück?»

Ich sagte eigensinnig: «Seine Ehre fällt auf dich zurück. Du hast ihn geboren.»

Und sie, noch immer vorwurfsvoll: «Aber jetzt habe ich ihn verloren. Ich sollte mich ‹unglücklich› nennen.»

Ich: «Durchaus nicht. Durch diesen Verlust hast du ihn erst errungen. Du bist glücklich.»

Meine Mutter dachte, ganz verblüfft, einen Augenblick lang nach. Sie sah mich noch immer misstrauisch, vorwurfsvoll an. Und es schien, als fühlte sie sich in meiner Gewalt. Sie fragte: «Bist du sicher, dass die Dame sich nicht über mich lustig machen wollte?»

«O nein!» antwortete ich. «Sie wusste sehr gut, was sie sagte.»

«Dachte sie wirklich, dass ich glücklich bin?» fragte sie.

«Bestimmt», antwortete ich. «Sie wäre gern an deiner Stelle gewesen.»

Und sie: «An meiner Stelle? Wieso?»

Und ich: «An deiner Stelle, weil Liborio tot ist. Sie wäre stolz darauf.»

Sie: «Sie hat mich also beneidet...»

Ich: «Alle Frauen beneiden dich.»

Doch noch immer sah meine Mutter mich misstrauisch an. Sie fühlte sich in meiner Gewalt, das war deutlich zu sehen. Und nun platzte sie heraus: «Was sagst du da?»

«Ich sage die Wahrheit», antwortete ich. «Es steht auch in den Büchern. Erinnerst du dich gar nicht an deine Schulbücher?»

Sie sagte: «Ich bin nur bis zur dritten Klasse gekommen.»

Und ich: «Ein bisschen Geschichte wirst du doch gelernt haben.»

Sie: «Mazzini und Garibaldi.»

Ich: «Und Caesar, Mucius Scaevola, Cincinnatus, Coriolan. Erinnerst du dich gar nicht an die römische Geschichte?»

Sie: «Ich weiss noch, was Cornelia, die Mutter der Gracchen, gesagt hat.»

Ich: «Fein! Was sagte Cornelia?»

Sie: «Sie sagte, ihre Söhne wären ihre Juwelen.»

Ich: «Siehst du? Cornelia war stolz auf ihre Söhne.»

Jetzt lächelte meine Mutter. «Unsinn!» rief sie. «Cornelias Söhne waren doch nicht tot.»

«Stimmt», sagte ich. «Sie waren noch nicht

tot. Aber weshalb, glaubst du, war Cornelia stolz auf sie?»

«Weshalb?» fragte meine Mutter.

Und ich sagte: «Weil sie wusste, dass sie zum Sterben bereit waren. Cornelia war eine römische Mutter.»

Meine Mutter zuckte wieder verblüfft die Achseln und sah mich noch immer misstrauisch an.

«Siehst du?» fuhr ich fort. «Die Dame hat dich als eine Art Cornelia angesehen. Würde es dir nicht gefallen, so etwas wie Cornelia zu sein?»

«Ich weiss nicht», antwortete meine Mutter misstrauisch.

Sie fragte: «Wie war denn diese Cornelia?»

«Ach, das war eine grossartige Frau», sagte ich. «Eine Adelige, eine Matrone...»

Und meine Mutter: «Eine schöne Frau?»

Und ich: «Schön und weise. Hochgewachsen. Blond. So wie du, denke ich.»

«So etwas!» rief meine Mutter. «Aber warum schreiben sie in den Büchern über sie?»

«Alles wegen ihrer Söhne!» schrie ich.

«Die Glückliche!» rief meine Mutter.

Und ich schrie: «Siehst du? Genau so bist auch du glücklich.»

Meine Mutter fuhr zusammen. «Ich?» Und ganz rot im Gesicht, Feuer und Flamme mit der Decke um die Schultern, rief sie ausser sich: «Meinst du, dass sie in den Büchern auch über mich schreiben werden?»

«Mehr oder weniger», sagte ich. «Über dich und deinen Sohn. Ihr gehört bereits den Büchern an.»

Meine Mutter war verwirrt. Sie vermochte sich noch nicht zu fassen, und sie hegte kein Misstrauen. «Den Büchern? Den Büchern?» schrie sie.

«Der Geschichte», sagte ich. «Wusstest du das nicht? Er hat die Welt verlassen und ist in die Geschichte eingegangen, und du mit ihm.»

«Ich mit ihm?» schrie meine Mutter verwirrt.

«Du mit ihm! Du mit ihm!» schrie ich.

«Glaubst du, du gehörst noch der Welt an?» schrie ich. «Dieser Erde hier? Diesem Sizilien?»

Noch lauter schrie ich: «Nein, meine Liebe! Du wirst sehen, dass man dich kommen lässt und dir eine Medaille verleiht!»

«Eine Medaille?» schrie meine Mutter.

«Ja, an die Brust!» schrie ich.

Und hier senkte ich endlich die Stimme, ich

fuhr ruhig fort: «Dafür, was er für die Welt getan hat. Für jene Städte. Für Sizilien.»

Ich schloss: «Eine Medaille für seine Verdienste.»

Doch gerade hier begann meine Mutter zusammenzubrechen. «Wie ist das möglich?» sagte sie. «Er war bloss ein armer Junge.»

Und ich begann mich zu fürchten. Ich begann mich auch zu erinnern.

47

Was bedeutete ein armer Junge?

Ich blickte mich in der Küche um, ich sah den Herd und den irdenen Kochtopf darauf, dahinter den Backtrog für das Brot und dann das Wasserfass, die Waschschüssel, die Stühle, den Tisch, an der Wand die alte Pendeluhr, die sogenannte Uhr meines Grossvaters, und während ich mich umblickte, fürchtete ich mich. Ich blickte auch meine Mutter mit Furcht an. In ihre Decke gewickelt, war sie unter ihren Sachen wie alle ihre Sachen; voll von Zeit, von vergangener Menschheit, Kindheit, und so fort, von Männern und Kindern; was sollte da noch Geschichte. Hier drinnen würde sie weiterleben und sich Heringe auf dem Kohlenbecken braten, mit den Schuhen meines Vaters an den Füssen. Ich blickte mich um und fürchtete mich.

Und ich fragte mich, wer der ärmere Junge wäre.

Wer war der ärmere Junge?

Wie gesagt, ich fürchtete mich. Und inzwischen begann ich mich auch zu erinnern. Und während ich mich zu erinnern begann, holte ich eine Zigarette hervor, ich zündete sie mir an. Es war meine erste Zigarette an diesem Tag und meine einzige, dieselbe, die mir von der Rauschnacht übriggeblieben war. Ich zündete sie an, warf das Streichholz weg, und während ich mich rauchend erinnerte, was für eine Zigarette das war, entdeckte ich nach und nach Tränen auf meinen Händen.

Rauchend verliess ich das Haus. «Krah, krah, krah», schrien am Aschenhimmel die Raben. Ich stieg zur Strasse hinunter, ich ging durch die Gassen jenes Siziliens, das keine Reise mehr war, sondern stillstand, und ich rauchte und weinte.

«Ach! Ach! Er weint! Warum weint er?» schrien die Raben einander zu, während sie hinter mir herflogen.

Ich ging ohne zu antworten weiter, und nun kam auch eine schwarze Alte hinter mir her. «Warum weint Ihr?» fragte sie.

Ich antwortete nicht und ging immer weiter; und ein Lastträger, der, die Hände in den Taschen, auf dem Platz wartete, fragte mich gleichfalls: «Warum weint Ihr?»

Auch er kam hinter mir her, und ich ging, immerfort weinend, an einer Kirche vorbei. Der Priester sah uns, mich und die, die mir folgten, und fragte die Alte, den Lastträger und die Raben: «Warum weint dieser Mensch?»

Er schloss sich uns an, und Kinder sahen uns, riefen: «Schau! Der raucht und weint!»

Sie sagten auch: «Der Rauch macht ihn weinen!» Und sie kamen mit anderen hinter mir her und trieben ihr Spiel hinter mir weiter.

So kam noch ein Barbier hinter mir her, und es kamen ein Tischler, ein Bettler, ein Mädchen mit einem Tuch um den Kopf, ein zweiter Bettler. Sie sahen mich und fragten mich: «Warum weint Ihr?» Oder sie fragten die, die schon hinter mir herkamen: «Warum weint er?» Und alle folgten mir: ein Fuhrmann, ein Hund, Männer aus Sizilien, Frauen aus Sizilien, schliesslich ein Chinese. «Warum weint Ihr?» fragten sie.

Doch ich hatte ihnen keine Antwort zu geben. Ich weinte nicht aus irgendeinem bestimmten Grund. Eigentlich weinte ich nicht einmal. Ich erinnerte mich; und die Erinnerung hatte in den Augen der anderen den Anschein des Weinens.

Was konnte ich tun? Ich ging meines Weges weiter. Und ich kam zu Füssen der nackten Bronzefrau, die den Gefallenen gewidmet ist, ich sah rings um mich alle Freunde der letzten Tage, die Sizilianer, denen ich im Lauf meiner

Reise begegnet war und mit denen ich gesprochen hatte.

«Es gibt andere Aufgaben», sagte der Grosse Lombarde. «Weint nicht.»

«Weint nicht», sagten mir die Freunde mit den Krankheiten.

«Weint nicht», sagten mir die Freundinnen.

Und auch der kleine Freund mit den Orangen sagte mir: «Weint nicht.»

Der Mann aus Catania war da und sagte: «Der Herr hat recht. Weint nicht.»

«Ih!» sagte der kleine Alte mit der Strohhalmstimme.

«Ich weine doch nicht um euch», sagte ich. «Ich weine nicht.»

Ich hatte mich auf die Stufe zu Füssen der Bronzefrau gesetzt, und die Freunde umringten mich, sie glaubten, dass ich um sie weinte. «Ich weine nicht», wiederholte ich. Und weinte. «Ich weine nicht. Ich werde meinen Rausch los.»

«Was bedeutet das?» sagte Mit-Schnurrbart zu Ohne-Schnurrbart.

«Da steckt etwas dahinter», sagte Ohne-Schnurrbart zu Mit-Schnurrbart.

«Ich weine nicht», wiederholte ich. «Es steckt nichts dahinter.»

Und der Mann Ezechiel rief: «Schwer gekränkt ist die Welt!»

«Ich weine doch nicht in dieser Welt», erwiderte ich.

Die Witwe sagte: «Er weint um seine Mutter.»

Die andere Frau sagte: «Er weint um seinen toten Bruder.»

«Nein, nein», erwiderte ich. «Ich weine nicht in mir. Ich weine nicht in dieser Welt.»

Und wieder sagte ich, dass ich ja gar nicht weinte, um nichts in Sizilien und anderswo, um nichts auf der Welt, und ich verabschiedete sie, ich forderte sie alle auf, wegzugehen, ich sagte wieder, dass ich meinen Rausch los würde.

Der Scherenschleifer fragte mich: «Wo habt Ihr Euch denn diesen Rausch geholt?»

«Auf dem Friedhof», antwortete ich. «Aber man braucht nicht drüber zu reden.»

«Ah!» sagte der Scherenschleifer.

Und ich hatte zu Ende geraucht, ich hatte mich zu Ende erinnert. Ich hörte zu weinen auf.

48

Da hob ich den Blick zu der nackten Bronzefrau des Denkmals empor.

Es war eine schöne junge Frau, ihrem Ausmass nach von doppelter Lebensgrösse, mit glatter Bronzehaut; gut gebaut, hätte meine Mutter erklärt; mit Beinen, mit Brüsten, mit Rücken, mit Bauch, mit Armen... Sie war mit allem ausgestattet, was eine Frau zur Frau macht, wahrhaftig wie frisch aus der Rippe des Mannes. Sogar ihr Geschlecht war undeutlich gekennzeichnet; und lange Haare schmückten ihren Hals mit geschlechtlicher Anmut. Ihr Gesicht lächelte in geschlechtlicher Verschmitztheit, von all dem Honig in ihr und weil sie nackt mitten auf dem Platz stand, zweimal so gross wie erforderlich, aus Bronze.

Ich stand auf und ging um sie herum, um sie genauer zu betrachten. Ich trat hinter sie, seitlich und wieder nach hinten. Die Freunde beobachteten mich, und die Alten blinzelten mir zu, die Frauen und die Mädchen musterten einander mit gesenktem Kopf, und der Grosse Lombarde räusperte sich ernst.

«Es ist tatsächlich eine Frau», sagte ich.

Der Scherenschleifer kam näher, stellte sich neben mich auf den Sockel und hob gleichfalls den Blick empor.

«Sicher!» rief er. «Es ist eine Frau.»

Wir drehten uns beide vor ihr herum, immer mit erhobenem Blick. «Dort hat sie die Milch», bemerkte der Scherenschleifer. Und er lachte.

Es lachten die Mädchen am Fuss des Denkmals. Es lächelte der Grosse Lombarde. «Es ist eine Frau», wiederholte ich. Ich trat auf dem Sockel ein, zwei Schritt zurück, und der Scherenschleifer folgte mir, alle beide betrachteten wir die Frau in ihrer Gesamtheit.

«Nicht übel, was?» meinte der Scherenschleifer.

Ich machte ihn auf ihr Lächeln aufmerksam. Und der Scherenschleifer stiess mich mit dem Ellbogen an. «Ah, ah!» sagte er.

Die Frau stand hoch aufgerichtet, einen Arm zum Himmel erhoben und den anderen quer über die Brust gelegt, als wollte sie die Achselhöhle des ersten berühren. Sie lächelte.

«Die weiss alles», sagte der Scherenschleifer.

Zu Füssen des Sockels kicherte ein Mädchen, und der Scherenschleifer fügte hinzu: «Die weiss so viel, wie sie lang und breit ist.»

«Sie weiss noch mehr», sagte ich. «Sie weiss, dass sie unverwundbar ist.»

«Wirklich?» rief mein Gesprächspartner.

«Natürlich», sagte ich. «Sie weiss, dass sie aus Bronze ist.»

«Natürlich!» riefen meine Gesprächspartner.

Und ich fuhr fort: «Das sieht man doch, nicht?»

«Das sieht man», gaben meine Gesprächspartner zu.

Ich stieg eine Stufe tiefer und setzte mich dort hin. Alle traten ein paar Schritt zurück, alle setzten sich hin.

«Diese Frau ist für sie da», sagte ich.

Alle stimmten mir bei, und ich fügte hinzu: «Sie sind keine gewöhnlichen Toten, sie gehören nicht der Welt an, sie gehören etwas anderem an und haben diese Frau zu eigen.»

«Hm!» hatte der Soldat gesagt.

«Ist es nicht nett von uns, ihnen eine Frau zu widmen?» fuhr ich fort. «In dieser Frau verherrlichen wir sie.»

«Hm!» hatte der Soldat gesagt. «Hm! Hm!»

«Und in dieser Frau», fuhr ich fort, «in dieser Frau...»

Ich unterbrach mich, und der Soldat sprach in mir, er sagte laut: «Hm!»

«Hm?» fragten ringsum sitzend meine Gesprächspartner.

«Nichts», sagte ich. «Ich habe nur ‹Hm!› gesagt.»

Doch wieder sprach der Soldat in mir, und wieder sagte er: «Hm!»

«Was ist das für eine Geschichte?» fragten Mit-Schnurrbart und Ohne-Schnurrbart einander.

«Das ist ein versiegeltes Wort», antwortete ich.

Die Sizilianer sahen sich untereinander an.

«Ah!» sagte der Mann Porfirio.

«Eben», sagte der Mann Ezechiel.

«Sicher», sagte der Scherenschleifer.

Und der Grosse Lombarde nickte zustimmend. Jedermann stimmte zu. Einer sagte: «Ich kenne es auch.»

«Was?» fragte Mit-Schnurrbart.

«Was?» fragte Ohne-Schnurrbart.

In der Höhe lächelte, hoch über allem, die Bronzefrau.

«Und ist das viel - leiden?» fragten die Sizilianer.

Epilog

49

Das war also mein Gespräch in Sizilien, es dauerte drei Tage samt den entsprechenden Nächten und endete, wie es begonnen hatte. Aber ich muss vermerken, dass nach dem Ende noch etwas vorfiel.

Ich war zu meiner Mutter zurückgekehrt, um mich zu verabschieden, und fand sie in der Küche, wo sie einem Mann die Füsse wusch.

Der Mann sass mit dem Rücken zur Tür, er war sehr alt; sie kniete auf dem Fussboden und wusch ihm die alten Füsse in einem Becken.

«Ich gehe jetzt, Mutter», sagte ich. «Ich habe einen Postwagen.»

Meine Mutter hob hinter dem Mann den Kopf. «Dann isst du nicht mit uns?» fragte sie.

Der Mann drehte sich nicht um, weder bei meinen noch bei ihren Worten. Er hatte weisses Haar, er war sehr alt und hielt den Kopf gesenkt, er schien tief in Gedanken versunken oder er schlief.

«Schläft er?» fragte ich meine Mutter leise.

«Nein. Er weint, der Dummkopf», antwortete sie.

Und sie fügte hinzu: «So war er immer. Er

hat geweint, wenn ich in den Wehen lag, und jetzt weint er auch.»

Leise rief ich: «Was? Ist es der Vater?»

Er indessen achtete nicht auf uns.

Ich trat näher, um ihm ins Gesicht zu sehen, und sah, dass er es hinter der Hand verbarg. Auf jeden Fall kam er mir zu alt vor: und einen Augenblick lang dachte ich fast, es wäre mein Grossvater. Ich dachte auch, dass es der Wandersmann meiner Mutter sein könnte.

«Ist er jetzt zurückgekommen?» fragte ich leise.

Meine Mutter schüttelte missbilligend den Kopf.

«Er weint», sagte sie. «Er weiss nicht, dass ich glücklich bin.»

Doch nun liess sie die alten Füsse des Mannes im Wasser des Beckens stehen und stand auf, zog mich beiseite. «Übrigens, mit dieser Cornelia hast du mich angeschwindelt», sagte sie. «Ihre Gracchen sind gar nicht auf dem Schlachtfeld gefallen.»

«War es nicht auf dem Schlachtfeld?» rief ich, immer noch leise.

«Nein», fuhr meine Mutter fort. «Ich habe in euren Schulbüchern nachgesehen, während du draussen warst.»

«Schön», sagte ich. Und ich küsste sie auf eine Schläfe. «Ciao.»

«Willst du ihn nicht begrüssen?» fragte meine Mutter.

Ich zögerte, auf den Alten blickend, dann sagte ich: «Ich werde ihn ein andermal begrüssen. Lass ihn nur.» Und ich verliess das Haus auf den Zehenspitzen.

Anmerkung

Um Fehldeutungen oder Missverständnisse auszuschliessen, möchte ich betonen: So wie die Hauptgestalt dieses *Gesprächs* nicht autobiographisch ist, ist auch das Sizilien, das sie umgibt und begleitet, nur zufällig Sizilien; bloss weil mir der Name Sizilien besser klingt als der Name Persien oder Venezuela. Im übrigen nehme ich an, dass sämtliche Manuskripte in einer Flasche gefunden werden.

Nachwort

Den Lesern, die dieses Werk zuerst und im Original zur Hand nahmen (1938–39, als Vorabdruck in der Zeitschrift *Letteratura,* und 1941, in zwei verschiedenen Ausgaben, die eine in Florenz, unter dem Titel *Nome e lagrime,* «Name und Tränen», die andere, in Mailand, in grösserer Auflage endgültig als *Conversazione in Sicilia),* stellte sich die Frage, auf welche Wirklichkeit es sich beziehe, ganz anders als denen, die es heute in einer Übersetzung kennenlernen.

Man beachte die Jahreszahlen: wenn gleich auf der ersten Seite vom «verlorenen Menschengeschlecht» und von Zeitungsplakaten die Rede ist, die Massaker verkünden, so wusste damals jeder aus seiner alltäglichen Erfahrung, was damit gemeint war. 1938–39 dauerte noch der Spanische Bürgerkrieg an; das faschistische Italien, mit dem nationalsozialistischen Deutschland verbündet, hatte ein Expeditionskorps von Schwarzhemden zur Unterstützung von General Franco entsandt. Und 1941, als der Band über den engeren Kreis von literarisch Interessierten hinaus unter die

Leute kam, war der Zweite Weltkrieg in vollem Gang - ein Krieg, der im Unterschied zum Ersten und auch zum Abessinien-Feldzug von 1935 trotz aller Propaganda die vaterländischen Gefühle der Italiener kaum berührte und von Anfang an von den meisten als unheilvoll betrachtet wurde. Die Grundstimmung der Hoffnungslosigkeit, welche die Ouvertüre des ersten kurzen Kapitels erfüllt, fand in den Lesern von damals den gemässen Anklang, ebenso die des zur Ohnmacht verurteilten Zornes, der *astratti furori* (der Ausdruck, von fern her vielleicht an Giordano Bruno erinnernd, ist rasch etwas wie ein geflügeltes Wort geworden). Hier war nun ausgesprochen, was viele still im Herzen bewegte. Es wurde manifest, ein Manifest; in der erzählenden italienischen Literatur unseres Jahrhunderts gibt es andere bedeutende Bücher, jedoch keines bisher, dem diese unmittelbare Wirkung beschieden war.

Dass es überhaupt in einem diktatorisch regierten, kriegführenden Land erscheinen konnte, gehört zu den Wunderlichkeiten, die nur der begreift, der alt genug ist, um sich an Mussolinis Regime mit den ihm eigentümlichen operettenhaften Zügen zu erinnern. Zur Tarnung vor der Zensur dient zwar der allegorische oder symbolische Charakter mancher Figur und Begebenheit, aber die Verschlüsselung geht dabei nicht so weit, wie der heutige Leser, zumal der nichtitalienische, anzunehmen geneigt ist. Gestalten wie zum Beispiel diejenigen von Mit- und Ohne-Schnurrbart, den zwei Polizeispitzeln, sind nicht Phantasiegebilde, sondern genau nach der Natur gezeichnet: der Agent aus dem tiefen Süden, der sich in seiner Armut um eine noch so anrüchige, aber gesicherte Staatsstelle bewirbt, war in Italien eine geradezu sprichwörtliche Erscheinung. Solche Anspielungen wurden sofort verstanden. Andere mochten auch damals dunkler anmuten und hatten nicht denselben gegenwartsnahen satirischen Einschlag, sondern erschienen aufgehöht und geweitet: der Grosse Lombarde, der zwar an die tatsächlich weiterbestehenden nordischen Kolonien auf Sizilien erinnert, wo die Eingewanderten nach Jahrhunderten ihre angestammte Mundart sprechen, aber weit mehr als ein Stück Folklore bedeutet und zur Verkörperung des Gerechten, des freien und adeligen Menschen emporwächst; der Scherenschleifer, der nach Messern und Kanonen ruft; der im Krieg gefallene Bruder, der nicht den Heldentod, sondern das Leben preist. Dass sie die Zeit überdauern, in der sie entstanden sind, verdanken sie der Kunst des Autors, das Besondere mit dem Allgemeinen zu verbinden, so dass das eine im andern durchscheint. Der Held der Erzählung, sagt er in einem Vermerk am Ende des Bandes, sei nicht selbstbiographisch aufzufassen, wie auch das Sizilien, in dem er sich bewegt, nur zufällig Sizilien heisse, weil der Name Sizilien für ihn, Vittorini, nun einmal besser klinge als Persien oder Venezuela; im übrigen stelle er sich vor, dass alle Manuskripte in einer Flasche aufgefunden werden.

Das sollte vielleicht nicht zuletzt die Zensur beruhigen und den Verdacht zerstreuen, der Autor übe subversive Kritik an heimatlichen Zuständen. Vor allem aber meldet es den berechtigten Anspruch an, dass das Buch weiterwirke, und der Anspruch ist ja dann auch auf das schönste erfüllt worden: heute, Jahrzehnte nach der Veröffentlichung, zählt es unbestritten zu den Klassikern der neueren italienischen Literatur, ist nach dem Krieg in viele Sprachen übersetzt worden (Ernest Hemingway hat ein begeistertes Vorwort zur amerikanischen Ausgabe geschrieben, Stephen Spender zur englischen). Universal wird ein Kunstwerk freilich nicht dadurch, dass es das Einmalige und Besondere ausschliesst, sondern im Gegenteil dadurch, dass es alles Partikulare verwandelt in sich aufgehoben hat; und so vermag Vittorinis Sizilien auch einen Leser anzusprechen, der in Persien oder Venezuela zu Hause ist, gerade weil es nicht mehr nur Sizilien und dennoch unverkennbar weiterhin seinem tiefsten Wesen nach Sizilien bleibt.

Am 23. Juli 1908 ist er dort geboren, in Syrakus. In einer selbstbiographischen Notiz* berichtet er, als Siebenjähriger habe er zugeschaut, wie ein Schiff mit Chinesen dicht vor der Küste im Meer versank.

«Steil abfallende Bastionen erhoben sich auf den Felsklippen hinter dem Haus, und auf der einen Seite, etwa hundert Meter entfernt, war der Platz, wo die Bauern des Wohnviertels, wenn sie abends von der Arbeit auf den Feldern heimkehrten, ihre Wägelchen mit aufragenden Deichseln stehenliessen. Sie brachten die Tiere ins Haus, der eine den Esel, der andere das Maultier oder das Pferd, jeden Abend, wenn sie zwischen sieben und neun zurück-

* erschienen zuerst in den Mitteilungen des Verlags Bompiani, *Pesci rossi,* Nr. 3, 1949, dann wiederabgedruckt in Vittorinis *Diario in pubblico,* S. 170 ff., Mailand 1957

kamen, um dann um drei in der Früh wieder aufzubrechen. In jedem Haus war ein kleiner Innenhof mit einem Holzverschlag für die Tiere und einem steinernen Wäschetrog. Männer, die abends mit den Tieren in unser Haus zurückkehrten, und Frauen, die im Steintrog unseres Hofes wuschen, waren meine Verwandten mütterlicherseits: Onkel und Tanten mütterlicherseits, Vettern und Basen mütterlicherseits. Von meinen Verwandten väterlicherseits dagegen habe ich nur erzählen hören: es waren Matrosen. Doch mein Vater war Eisenbahner, und wir lebten im Haus in Syrakus mit der Familie der Mutter nur während seiner Ferien. Die übrige Zeit wohnten wir in kleinen Bahnhöfen mit Drahtgittern vor den Fenstern und rundherum die Wüste.

Überall war eine Wüste voll Malaria; und überall unbebauter Grossgrundbesitz; an einigen Orten mit einer Schafzucht, einen Gewehrschuss weit, an einigen andern mit einer Schwefelgrube in der Umgebung. In einem solchen Bahnhof habe ich unter einem Schilfgebüsch das erste Buch gelesen, das mir einen grossen Eindruck machte. Es war die für Kinder gekürzte Ausgabe von *Robinson Crusoe;* auf dem Umschlag sah man Robinson, wie er sich bückte, um im Sand der einsamen Insel die Fussspur eines *andern* Menschen zu betrachten. Die Geschichten von *Tausendundeiner Nacht,* die mir ebenfalls grossen Eindruck machten, begannen ein Jahr später.

Wir waren vier Söhne in unserer Familie, und zur Schule fuhren wir täglich mit der Eisenbahn in die nächstgelegene Stadt. Aber Schulunterricht habe ich nur ganz wenig gehabt: fünf Jahre Primar-, dann drei Jahre technische Schule. Mein Vater wollte aus mir einen Buchhalter machen. So habe ich auch einige Klassen des Instituts besucht, dessen Diplom dazu befähigt, die doppelte Buchhaltung zu führen, aber es ist mir nicht gelungen, dieses Diplom zu bekommen, ich habe zweimal die erste Klasse, zweimal die zweite wiederholt, es war ein Unterricht, der mir nicht lag, und mit siebzehn habe ich endgültig damit aufgehört.

Ich sage: endgültig, denn ich hatte schon mit dreizehn versucht, damit aufzuhören. Ein Staatseisenbahner bezieht Gratisfahrkarten für sich und seine Familie, und eines Tages war ich mit einer auf dem ganzen Netz der italienischen Bahnen gültigen Fahrkarte und mit fünfzig Lire in der Tasche von zu Hause fortgelaufen. Tagsüber schaute ich mir die Städte an; in der Nacht (um nicht für ein Hotel zu bezahlen) reiste ich. Dreimal, in vier Jahren, bin ich so auf und davon, und ich könnte nicht sagen, ob ich jeweils aufbrach, um nicht zurückzukehren. Gewiss lief ich fort und hinterliess dabei einen Brief an meinen Vater, ich käme nicht mehr zurück, und gewiss kam ich schliesslich doch immer zurück. Ich brach auf, um die Welt zu sehen: so viel Leute auf der Welt zu sehen wie nur möglich, so wie ich las, um etwas von der Welt zu erfahren. Aber ein viertes Mal kehrte ich nicht mehr zurück...»

Der halbwüchsige Vittorini verdiente sich sein Brot im Norden, zuerst als Steinklopfer, dann als Angestellter eines Strassenbauunternehmens in der Nähe von Udine; 1927 arbeitete er beim Bau einer Brücke mit, und dies prägte sich ihm ebenso tief ein, berichtet er in seinem selbstbiographischen Rückblick, wie die erste Lektüre des *Robinson.* Er begann Erzählungen zu schreiben, veröffentlichte sie zunächst in Zeitschriften, die meisten davon in der vom Regime misstrauisch geduldeten, weil international gesinnten, Florentiner Zeitschrift *Solaria,* und gab sie 1931 gesammelt in Buchform heraus unter dem Titel *Piccola borghesia.* Seit 1930 hatte er festen Wohnsitz in Florenz genommen; als Korrektor machte er Nachtschicht in der Setzerei der Zeitung *La Nazione*. Dort lernte er einen Arbeiter kennen, der im Ausland gewesen war und Englisch konnte. Mit ihm zusammen nahm er den seit der Kindheit immer wieder gelesenen *Robinson* vor, diesmal im Original, übertrug geduldig Wort für Wort, bis er imstande war, auch andere englische und amerikanische Autoren zu entziffern, ja sich sogar getraute, die bewunderten Texte auf italienisch nachzubilden. 1934 erschien seine erste Übersetzung, ein Roman von D. H. Lawrence; weitere folgten, fast Jahr für Jahr, Poe, Faulkner, T. F. Powys, Steinbeck, Saroyan, Caldwell. Er arbeitete, sagt er, dabei wie ein Taubstummer, konnte wohl Englisch lesen, aber zeit seines Lebens nicht reden; als nach dem Krieg Hemingway und Saroyan nach Italien kamen und mit ihm zusammentrafen, mussten sie sich mit Hilfe eines Dolmetschers oder durch Zeichen verständigen. Er und der gleichaltrige Cesare Pavese (1908–50) trugen am meisten dazu bei, dass die Kenntnis der neueren englischen und vor allem der amerikanischen Literatur über den Bezirk einiger Spezialisten hinaus in die italienische Öffentlichkeit drang und den Geschmack der Leser und bald auch mehrerer Schriftsteller in ihren eigenen Hervorbringungen entscheidend beeinflusste. Vittorinis Auswahlband *Americana,* 1941 erschienen, verbreitete noch einmal in gesammelter Form dieselbe Erfahrung einer fremden Welt und wurde zu einem Markstein in der Geschichte der italienischen Kultur.

Im Herbst 1937, unter dem Eindruck des Spanischen Bürgerkriegs, entstanden die ersten Kapitel von *Conversazione in Sicilia.* Eine Aufnahme aus den dreissiger Jahren zeigt ihn zusammen mit dem Dichter und späteren Nobelpreisträger Eugenio Montale vor dem Florentiner Café *Giubbe rosse,* in dem die Literaten und Künstler zusammenkamen: sie bildeten, um die Zeitschrift *Solaria,* später um *Letteratura,* eine Art Fronde gegen das Staatsregime. Seiner Herkunft und autodidaktischen Bildung entsprechend, neigte Vittorini nicht zu der bürgerlich liberalen Opposition, die in Benedetto Croce und seiner Zeitschrift *La Critica* ein scharf überwachtes, aber doch toleriertes Sprachrohr hatte; er sympathisierte eher mit jenen halbwegs dissidenten Faschisten, die man später im babylonischen Sprachwirrwarr unserer unseligen Zeit auch als Linksfaschisten bezeichnet hat, Utopisten von mancherlei Couleur, die sich auf die im Faschismus ja unter vielem andern ebenfalls noch wirksamen Überlieferungen einer proletarisch-sozialistischen Vergangenheit beriefen. Im gleichen Jahr, als er aus der faschistischen Partei ausgestossen wurde, der er seit 1925 angehörte, veröffentlichte er noch polemische Artikel im Florentiner Gaublatt *Il Bargello*. Das italienische Geistesleben war in jenen Jahren bei weitem nicht so «gleichgeschaltet» wie im Dritten Reich; einzelne Potentaten, etwa der Unterrichts- und Kulturminister Giuseppe Bottai, schienen den Schriftstellern da und dort eine allerdings von Launen und Widersprüchen abhängige, unberechenbare Narrenfreiheit zuzubilligen. Aber mit dem Ausbruch des Spanischen Bürgerkriegs änderte sich die Lage, die Fronten zeichneten sich schärfer ab, und Vittorini, der für die Republikaner entschieden Partei ergriffen und jegliche innere und äussere Beziehung zum Faschismus gelöst hatte, hielt es 1939 für ratsam, Florenz zu verlassen und sich mit seiner Familie in der anonymeren Grossstadt Mailand etwas abseits zu begeben; dort war er zudem in der Nähe der Verlage, für die er nun als Autor und Übersetzer arbeitete.

Soviel an biographischen Angaben, die bis an die Zeit von *Conversazione in Sicilia* heranführen. Späteres kann hier nur gestreift werden: die Tätigkeit in der Widerstandsbewegung; der Beitritt zur kommunistischen Partei; die Gründung der Zeitschrift *Il Politecnico,* in deren 35. Nummer, 1947, Vittorini dem Kommunistenführer Palmiro Togliatti die verfängliche Frage stellte, ob ein Dichter «die Pfeife für die Revolution spielen» müsse - eine Frage *(suonare il piffero per la rivoluzione?)* als Schlagzeile, die sich einprägte und wie die darauf sich entwickelnde öffentliche Auseinandersetzung mit Togliatti bis heute exemplarisch blieb, weil durch die Diskussion die Unversöhnlichkeit zutage trat, die zwischen dem zweckgerichteten Politiker und dem nur in Freiheit gedeihenden Künstler besteht. Im Gefolge danach der Austritt aus der Partei; die Arbeit als Herausgeber der Reihe vorwiegend junger Erzähler *I gettoni,* 1951–58, und der Zeitschrift *Il menabò,* 1959, zusammen mit Italo Calvino; die eigenen Werke, die Romane *Uomini e no,* 1945, *Il Sempione strizza l'occhio al Fréjus,* 1947, *Il garofano rosso,* 1933–34, aber erneuert in Buchform 1948, *Le donne di Messina,* 1949 und halb umgeschrieben 1964, die ebenfalls zum Teil älteren und wiederaufgenommenen Erzählungen *Erica e i suoi fratelli* und *La garibaldina,* 1956, sowie die sechsundvierzig Kapitel von *Le città del mondo,* unvollendet, erschienen 1969, drei Jahre nach dem Tod des Verfassers am 12. Februar 1966.

Die weiter oben angeführten selbstbiographischen Aufzeichnungen kommen dem Leser dieses Buches vertraut vor. Nicht nur weil darin von Sizilien, von einsamen Bahnhöfen, Malaria und Wüste, vom Aufbruch zur Reise in die Welt hinaus, sogar bis ins einzelne von *Tausendundeiner Nacht* oder von Chinesen die Rede ist; der Ton vor allem, die Art des Berichtens sind einander ähnlich. Vittorini hat diese Erinnerungen an seine Kindheit, nachdem er die ihm gemässe Erzählweise in *Conversazione in Sicilia* gefunden, nicht viel anders legendenhaft stilisiert als im Roman die Geschichte des jungen Mannes, der eines Tages sich von seinem Wohnort im Norden aufmacht, um in der alten Heimat die Mutter und zugleich eine neue Wahrheit, «ein neues Gewissen und neue Aufgaben», «andere Pflichten» zu suchen. Aneinander gereiht, bald verzögert abgewandelt oder mit denselben Alltagsworten wiederholt, bald beschleunigt zusammengerafft in einem

Bild, das strahlend wie im Gedicht aufleuchtet, führen die Sätze in den schildernden Partien und in den zahlreichen Gesprächen, die gleich Litaneien und Responsorien fortschreiten, tiefer ins Geschehen ein, in das eine, das erst im Werden hinzuwächst, und in das andere, das nun mit ihm verschmelzend aus der Erinnerung wieder ans Licht emportaucht. Die in strophenartig gegliederten kurzen Kapiteln dargestellte Reise ist «zweimal wirklich», in Raum und vergangener Zeit, vorwärts und zugleich zurück zu den Mythen der Frühe, Abstieg in die Unterwelt zu den Toten und in die Zukunft hinein zum Wunschtraum vom «lebendigen Wasser». Und es ist wohl nicht ausgefallen, bei einer solchen *Conversazione,* wie man es mitunter tat, im stillen auch an die Gruppenbilder zu denken, die in der italienischen Malerei *Sacre conversazioni* heissen, Madonnenbilder mit Heiligen und manchmal der Stifterfigur am Rande, auf denen uns ein mächtiges Ereignis in geschlossener Ruhe versammelt anschaut.

Auf seinen Wegen und Umwegen ist Vittorini auch im Angelesenen ein im besten Sinn naiver Schriftsteller geblieben. Seine zweifellos übermässige Fähigkeit zur Bewunderung, zum Beispiel von William Saroyans Werk, vermochte er doch für das eigene Schaffen fruchtbar zu machen, sie brachte ihn zuweilen dicht bis in die Nähe der Manieriertheit, aber er wurde wieder frei davon kraft der Leidenschaft seiner Forderung, die das Schöne letztlich nur zusammen mit dem Wahren und dem Guten wollte. Er hatte, auch im persönlichen Umgang, noch in den Jahren der Reife das unverminderte Feuer der dem Glück wie dem Leiden gleicherweise ausgesetzten Jugend in sich bewahrt. So spürten es damals die Zeitgenossen brennen, als Krieg die Welt überzog. Wir fühlen es nach im unsichern Frieden.

Federico Hindermann

Anhang

Name und Tränen

Ich schrieb in den Kies des Gartens, und es dunkelte schon; längst brannten in allen Fenstern die Lichter.

Der Wächter kam vorüber. «Was schreiben Sie?» fragte er mich.

«Ein Wort», erwiderte ich.

Er bückte sich, sah's aber nicht. «Was ist das für ein Wort?» fragte er aufs neue.

«Nun», sagte ich, «es ist ein Name.»

Er fuchtelte mit seinen Schlüsseln. «Kein ‹Es lebe›? Kein ‹Nieder mit›?»

«O nein!» rief ich aus. Und ich lachte dazu. «Es ist ein Personenname», sagte ich.

«Der Name einer Person, auf die Sie warten?» fragte er mich.

«Ja», antwortete ich. «Ich warte auf sie.»

Nun entfernte sich der Wächter, und ich begann wieder zu schreiben. Ich schrieb und stiess auf Grund unter dem Kies, und ich grub, und ich schrieb, und die Nacht war schwärzer.

Wieder kam der Wächter. «Sie schreiben immer noch?» sagte er.

«Ja», sagte ich. «Ich habe weitergeschrieben.»

«Was haben Sie noch geschrieben?» fragte er.

«Sonst nichts», antwortete ich. «Nichts als jenes Wort.»

«Was?» rief der Wächter. «Nichts anderes als jenen Namen?»

Und wiederum fuchtelte er mit seinen Schlüsseln, und er zündete seine Laterne an, um hinzuschauen.

«Ich sehe es», sagte er. «Es ist nur jener Name.»

Er hob die Laterne empor und blickte mir ins Gesicht.

«Ich habe ihn tiefer eingeschrieben», erklärte ich.

«Ach so», sagte er darauf. «Wenn Sie fortfahren wollen, gebe ich Ihnen eine Hacke.»

«Geben Sie sie mir», erwiderte ich.

Der Wächter gab mir die Hacke, dann entfernte er sich wieder, und mit der Hacke grub ich und schrieb ich den Namen bis tief in die Erde hinein. Ich hätte ihn gewiss bis zur Kohle und zum Erz geschrieben, bis zu den heimlichsten Metallen, die uralte Namen sind. Aber der Wächter kehrte nochmals zurück und sagte: «Nun müssen Sie gehen. Hier wird geschlossen.»

Ich stieg aus den Gruben des Namens hervor.

«Gut so», erwiderte ich.

Ich legte die Hacke nieder und trocknete mir die Stirn, ich schaute die Stadt an rund um mich her, jenseits der finsteren Bäume.

«Gut so», sagte ich. «Gut.»

Der Wächter grinste. «Sie ist nicht gekommen, he?»

«Sie ist nicht gekommen», sagte ich.

Aber gleich darauf fragte ich: «Wer ist nicht gekommen?»

Der Wächter hob seine Laterne empor, um mir wie vorhin ins Gesicht zu schauen.

«Die Person, auf die Sie warteten», antwortete er.

«Ja», sagte ich, «sie ist nicht gekommen.»

Aber wiederum, gleich darauf, fragte ich: «Welche Person?»

«Nun!» sagte der Wächter. «Die Person mit dem Namen.»

Und er fuchtelte mit seiner Laterne, fuchtelte mit seinen Schlüsseln, dann sagte er: «Wenn Sie noch ein wenig warten wollen, brauchen Sie sich nicht zu zieren.»

«Nicht darauf kommt es an», sagte ich. «Danke.»

Aber ich ging nicht fort, ich blieb, und der Wächter blieb bei mir, um mir Gesellschaft zu leisten.

«Welch eine schöne Nacht!» sagte er.

«Eine schöne Nacht», sagte ich.

Dann ging er ein paar Schritte weit, mit seiner Laterne in der Hand, auf die Bäume zu.

«Ja aber», sagte er, «sind Sie sicher, dass sie nicht dort ist?»

Ich wusste, dass sie nicht kommen konnte, fuhr aber dennoch zusammen.

«Wo?» sagte ich leise.

«Dort», sagte der Wächter. «Sie sitzt auf der Bank.»

Laub regte sich bei diesen Worten; eine Frau stand aus dem Dunkel auf und begann auf dem Kies zu gehen.

Ich schloss die Augen ob dem Klang ihrer Schritte.

«Sie war doch gekommen, he?» sagte der Wächter.

Ich gab ihm keine Antwort und machte mich auf, ihr zu folgen.

«Hier wird geschlossen», rief der Wächter. «Hier wird geschlossen.»

Unter den Rufen «Hier wird geschlossen» entfernte er sich zwischen den Bäumen.

Ich schritt hinter der Frau aus dem Garten und dann durch die Strassen der Stadt.

Ich folgte immer dem nach, was einst der Klang ihrer Schritte auf dem Kies gewesen. Ich kann sogar sagen: geleitet von der Erinnerung an ihre Schritte. Und es war ein langes Gehen, ein langes Folgen, bald unter der Menge und bald einsame Gassen entlang, bis ich, zum erstenmal, den Blick emporhob und sie sah, eine Vorübergehende, im Licht des letzten Ladens.

Zwar sah ich nur ihr Haar. Sonst nichts. Und mir wurde bang, sie zu verlieren, ich begann zu rennen.

In jenen Gegenden der Stadt wechselten Wiesen und hohe Häuser ab, dunkle Exerzierplätze und Messen von Lichtern, und im Hintergrund das rote Auge des Gaswerks. Mehrere Male fragte ich: «Ist sie hier vorübergekommen?»

Alle gaben mir zur Antwort, sie wüssten es nicht.

Aber ein höhnisches kleines Mädchen näherte sich, hurtig auf Rollschuhen, und lachte.

«Aaah!» lachte es. «Ich wette, du suchst meine Schwester.»

«Deine Schwester?» rief ich. «Wie heisst sie?»

«Ich sag es dir nicht», erwiderte das Mädchen.

Und wieder lachte es; auf den Rollschuhen schlug es einen Kreis im Totentanz um mich herum.

«Aaah!» lachte es.

«Dann sag mir, wo sie ist», fragte ich es.

«Aaah!» lachte das Mädchen. «Sie steht unter einer Tür.»

Es wirbelte noch eine Weile rund um mich in seinem Totentanz, dann fuhr es weg auf der unendlichen Allee und lachte.

«Sie steht unter einer Tür», rief es von weitem und lachte.

Unter den Türen standen schändliche Paare; aber ich gelangte zu einer, die einsam und leer war.

Der Flügel öffnete sich, als ich daran stiess, ich stieg die Treppen empor und vernahm schon ein Weinen.

«Ist's sie, die da weint?» fragte ich die Pförtnerin.

Die Alte schlief sitzend auf halber Treppenhöhe, mit ihren Lumpen in der Hand, und sie erwachte und schaute mich an.

«Ich weiss es nicht», erwiderte sie. «Wollen Sie mit dem Aufzug fahren?»

Ich wollte nicht mit dem Aufzug fahren, ich wollte bis zu jenem Weinen gehen, und ich stieg weiter die Treppen hinauf zwischen den schwarzen aufgesperrten Fenstern. Schliesslich gelangte ich da hin, wo das Weinen war; hinter einer weissen Tür. Ich trat ein und hatte es nah bei mir, ich drehte das Licht an.

Aber im Zimmer sah ich niemanden, und ich hörte nun auch nichts mehr. Doch lag, auf dem Ruhebett, das Taschentuch mit ihren Tränen.

Deutsch von F. H.

Dieser Text erschien in der ersten Buchausgabe von *Conversazione in Sicilia,* Florenz 1941, als eine Art Vorspann und verlieh dem ganzen Werk den Titel; in der zweiten und allen folgenden wurde er vom Autor weggelassen.

Wiederabgedruckt im Band gesammelter Prosa *Nome e lagrime,* Mailand 1972.

Inhalt